繼母的拖油瓶是我的前女友 6

那時沒能說出口的六句話

Kadokawa Fantastic Novels

（水斗穿起來超好看……！表情要失守了……！）
「我想趕快把衣服換掉。」
伊理戶水斗
Mizuto Irido
結女的前男友兼繼兄弟。把伊佐奈當成摯友，多少對她比較縱容。
東頭伊佐奈
Isana Higashira
輕小說宅少女，基本上是個邊緣人。一個明明被水斗甩了，卻被旁人認定為水斗女友的強者。
伊理戶結女
Yume Irido
升上高中時成功轉型為美少女優等生。水斗的前女友兼繼姊妹。

川波小暮
Kogure Kawanami
自稱「戀愛ROM專」，靜觀水斗與結女的關係發展。
「如、如何？會不會很奇怪……？」
「搞不好喔——誰也不知道會跑來個什麼樣的蘿莉控。」
「這可是文化祭耶，說不定我也會被搭訕喔～」
南曉月
Akatsuki Minami
川波的青梅竹馬兼前女友。最近熱衷於遊走戀愛過敏症的底線開川波玩笑。

「時間到了。坐吧。」
明明是搖響銀鈴般的少女嗓音，卻凜然難犯地響徹室內，讓原本站著的學生們軍紀嚴明地迅速就座。她面露微笑，就像在說：你們真乖。
羽場丈兒
Jouji Haba
高中二年級的學生會會計。鈴理似乎相當欣賞他……？
羽場
紅鈴理
Suzuri Kurenai
學生會副會長兼文化祭執行委員長，高中二年級生。創校以來的第一天才少女。
鈴理

繼母的拖油瓶是我的前女友 6

那時沒能說出口的六句話

紙城境介

插畫／たかやKi

Kadokawa Fantastic Novels

目錄 Contents

「我覺得，妳很厲害。」

——跟你說喔，伊理戶同學！我在班上交到朋友了！

我不知道，我竟然有這麼醜陋的一面。

但這一面，的確存在於我的內心，是我歷史的一部分。

——午休時有個同學在看書，於是我就鼓起勇氣，去找那個同學說話……！

我頻頻點頭。

甚至面帶微笑，祝福她的成長。

那不是謊話。

真的，我沒有在說謊。

因為——妳笑得是如此開懷。

可是，為什麼？

到了第二天，我經過妳的教室，看到妳跟朋友有說有笑的時候，這個想法閃過了我的腦海。

唉——妳也變成那一邊的人了？

就從那時候起，我與她之間形成了隔閡。

就從那時候起，我把曾經唯一跟我站在同一邊的她，趕到了那一邊去。

——對不起喔，伊理戶同學……！今天我跟朋友有約……

我明白。我應該要說那句話的。

應該接受醜陋的疏離感，正因如此，我才更應該那樣告訴她的。

——……無所謂，沒差。

——咦？

而不該話裡帶刺。

不該連句再見都不說，轉身就走。

不該口無遮攔。

應該拿出誠意面對她——

……大談理想論還不簡單。

未能實現的理想日積月累，不就成了現實嗎？

「我覺得，妳很厲害。」

◆ 伊理戶水斗 ◆

「呃……今天的班會時間，要選出文化祭的執行委員——」

級任導師睡眼惺忪地發號施令。明明負責帶的是一年級學生當中資優生雲集的班級，這個班導卻讓人感覺不到半點氣力。不過對我這種人來說，不要勉強管東管西反而值得感激。多虧於此，我才能像現在這樣忙著做副業。

「執行委員的工作，主要是統整班上同學的意見，以及聯絡籌備委員會——」

我任由解說左耳進右耳出，眼睛盯著幾張活頁紙。

現在對我來說最重要的事情，不是什麼文化祭。而是這篇預定拿給東頭看的短篇小說。

我必須盡早完成這篇小說，證明給那傢伙看。讓她知道她說我是特別的人種，不過是過譽罷了。

我不太習慣寫作，這幾天以來一直在搜索枯腸，但現在總算看見結尾了。當我把滿腔的振奮之情發洩般地寫成文字時，班會進行狀況一切順利。

「有——！我推薦結女——！」

「咦！等……曉月同學……！」

「她個性認真，又很溫柔，再適合不過了！」

「不錯耶——！」「贊成！」

「怎麼這樣……？」

嗯……這裡寫現在進行式就行了嗎？還是強調過去式比較好……？

「那就伊理戶跟另外一人——最好是壯丁。」

「有有有！」「選我！我自願！」

「嗚哇，擺明了別有居心。」「你們男生很誇張喔——」「剛才明明還極力裝隱形人的說。」

這裡的節奏感不是很好……最好能補上四個字……嗯……

「乾脆選伊理戶算了嘛？」

「咦？弟弟嗎？」

「對啊對啊。伊理戶的話就不會別有居心了吧？都是一家人嘛。」

「不錯喔，好主意！」「男的伊理戶同學啊——」「的確！反正他也很聰明——」「而且也有女朋友，應該很安全吧？」

「那就男生的伊理戶！可以吧——？」

「我覺得，妳很厲害。」

「是……嗯？」

我反射性地回答之後，才終於抬起頭來。

這時，我的名字已經被記在黑板上了。

「嗯嗯？」

毫無提出異議的餘地，狀況繼續發展。

「結女，恭喜妳就任執行委員！」

「謝、謝謝……？怎麼感覺好像是硬塞給我……不曉得我行不行……」

「伊理妹開口誰會不聽？」

「是啊是啊！特別是男生根本隨便妳使喚吧，點個頭人家就怕了！」

嗯嗯嗯？？

「加油啊，伊理戶！」「雖然很不甘心，但總比伊理戶同學被壞人拐騙來得好……！」

嗯嗯嗯嗯？？？

「那麼下一個議題，來決定展示內容吧——伊理戶家的兩個！上台來幫忙主持——」

嗯嗯嗯嗯嗯——？？？？

還搞不清楚天南地北就被推到講台上了。

我跟結女一起，面對班上超過三十名的同學。

其中，我看到川波小暮的臉。

那傢伙滿臉賊笑，不知怎地還翹起大拇指。

……那男的……！

「（……欸，怎麼辦……？誰要開口？）」

結女輕聲細語地問我。那還用說嗎？

「（交給妳了。）」

「（什麼？）」

我退後一步，把會議主持工作交給結女。

我就當個書記吧。況且對班上這些傢伙來說，一定也覺得這樣比較自然。

看我拿起粉筆，結女恨恨地飛快瞪了我一眼，然後說：

「呃……這個……那麼，呃，關於展示內容，大家有什麼提議……」

「咦——？怎麼辦？怎麼辦？」「鬼屋之類是一定要有的吧——」「嗚哇，準備起來好像很麻煩——」「是說一般都做些什麼啊？」「最好不要跟其他班級重複。」

「啊……呃，那個……」

雖說高中出道成功，但嗓門並不會忽然因此變大。班上同學只顧著各自嘰嘰喳喳，完全聽不到結女柔弱的聲音。

前途堪憂啊。我一邊作如此想，一邊在黑板上寫下「展示內容提案」。

「欸，我說大家——」

可能是南同學吧。就在她不忍心看結女這樣，正要叫大家安靜的瞬間——

——咚咚，我輕敲了兩下黑板。

這陣聲響，吸引了同學反射性的注目。喧鬧聲一如我的目的產生片刻中斷，我對結女使了個眼神。

「啊……有任何想法，請舉手！」

結女的聲音總算傳遍班上，用聲響吸引的注目，順勢轉手交給了結女。

真是個需要照顧的優等生小姐啊。

見我悄悄嘆氣，川波小聲吹口哨，南同學則是一副「算、算你厲害……」的神情。謝謝稱讚嘍。

「選我！Cosplay咖啡廳！」

一開始徵求擺攤內容的意見，南同學馬上舉手發言。

川波一臉傻眼地說：

「我說妳啊——……這種提議，一般都是男生在說的吧？」

「我就想看結女的Cosplay嘛！」

「想看想看——！」同學們齊聲附和，主要都是女生。男生可能是怕說了變成性騷擾吧，意外地都很安分。

Cosplay咖啡廳啊……要說是首選也沒錯。

「呃，這個——……這、這個可以嗎？」

結女七早八早已經用眼神向我求助了。我一邊心想「再自己努力一下啦」，一邊詢問在講台旁邊靜觀會議進行的班導：

「老師，請問有去年以前文化祭擺攤實績的相關資料嗎？」

「喔，有啊。」

班導像是有備而來，從夾在腋下的文件夾裡抽出幾張資料。既然都帶來了，先拿給我們不是更好——我雖然這麼想，但這所學校原本就有這種風氣。只要學生不開口就什麼都不給，或者應該說——感覺更像在培養學生自動自發的習慣。

我翻閱資料確認過後，說：

「……Cosplay咖啡廳去年也有過擺攤的實績。我想應該不會被駁回。」

「那就是可行嘍？」

「可行是可行，但也因此有可能跟其他班級重複。重複的話會怎麼樣就不知道了……」

我望向班導，老師終於開金口了：

「同一種攤位的數量是固定的。如果提出擺攤的班級超過規定數量，會以做簡報的方式做篩選。」

「請問簡報的評分標準是什麼？」

「看班級有沒有做好適當經營攤位的準備，以及是否符合學校的風紀規定。當然攤位本身的吸引力也是評分標準。最後就看籌備委員會——也就是學生會與ＰＴＡ的觀感好壞了。」

班導簡直就像遊戲裡的ＮＰＣ一樣，講完重點就不再開口。

嗯……我稍作沉吟，說：

「這麼看來，最大的問題應該是能不能弄到ＣＯＳ服。這點沒有搞定，做簡報時很可能會輸給別班。」

「簡、簡報啊……這個得由執行委員來負責，對吧……？」

「請問老師，有規定必須由誰上台做簡報嗎？」

「只限班上學生。沒有規定一定要由執行委員上台。」

回得真快。遇到這種事情立刻老實提問才是正解。

「既然這樣，就讓專業的來吧。只要讓看起來很拿手，又是提案人的那一個來做就好。」

「看起來很拿手，又是提案人……啊。」

我闔起資料，決定把後續事宜交給結女處理。

結女重新轉向同學們，說：

「呃——……只要能準備服裝或許可以。」

「好耶——！」

「不過……曉月同學。」

「嗯？」

「假如到時候需要做簡報，就請妳來上台發表。因為妳是提案人。」

南同學咧嘴一笑，說：

「就這點小事啊？可以啊……不、過、呢。」

「？」

「到時候妳可要幫忙當模特兒喔，結女？假如要做簡報，當然需要提供範例吧？」

「咦……」

「喔——！」班上同學群情沸騰。

結女又用為難的眼神望向我，但我這次沒理她。如果是那種煽情的ＣＯＳ服我一開始就會剔除，沒什麼問題。

「……好、好吧。我是說如果要做簡報喔？」

我在黑板上寫下「Cosplay咖啡廳」，加一句但書「※必須能夠弄到服裝」。儘管是有所保留的結論，但後來討論了半天，也沒人提出什麼比Cosplay咖啡廳更受到支持的提案。

班會結束，結女回到座位上後，南同學等幾個朋友簇擁到她身邊。

「啊～緊張死我了～」

「結女，妳剛才很帥喔～！」

「主持得真好～台風很穩。」

「對啊對啊！妳可以更有自信一點～！」

「謝謝妳們……」

結女欣喜地微笑……真夠現實的。剛才明明那麼為難，一被稱讚又這麼開心。現在想想，她當新生代表的時候台風也很穩。也許那種職責意外地適合她，只不過是我誤以為她不行……

「我覺得，妳很厲害。」

「嘿，伊理戶，辛苦啦！」

我回到座位，川波輕佻地找我說話。

「你剛才救援伊理戶同學救得真好。就知道你處事精明得很，只是不想跟他人往來而已。其他人也都說你很行喔？」

「是喔。」

「就這點反應喔？稍微高興一下又不會少塊肉。」

「…………………………」

「怎麼啦？」

「……沒有。」

我完全不覺得有什麼好高興的。

內心甚至覺得很煩，怕會多出一堆麻煩事。

重新體認到這點，我說：

「……我只是覺得，我呢……果然是屬於不同的人種。」

「哈哈！這哪招啊。現在才得中二病太慢了吧？」

我跟川波說再見，離開了教室。

現在還不能去圖書室。

本該跟我回到同一個家的結女，當然也沒跟過來。

「寫……寫好了……」

我帶著成就感喃喃自語。

桌上擺著寫滿文字的活頁紙。要拿給東頭看的小說，總算是寫完了。

成果嘛……當然跟商業作品不能比，但以一個外行高中生的作品而論，應該還算過得去吧。嗯。起初本來是想放膽寫一篇平庸之作的，寫到最後卻有點太熱中了。不過嘛，也不好意思拿一篇不堪入目的東西給人家看，這篇應該還算不錯吧。嗯。

好了，再來只要到了明天，在學校把這個拿給東頭看就好——但在那之前……

「……畢竟說好了嘛。」

我可沒忘記。

沒忘記跟結女約好了，要交換閱讀彼此的自創小說。

雖然我沒有義務守約定，但她要是跑來刁難我也很麻煩……好歹可以幫我挑錯漏字吧。

前提是她還記得我們的約定。

我帶著活頁紙離開了房間。隔壁房間好像沒人，於是我下到一樓。

客廳裡除了結女，爸爸與由仁阿姨也在。結女坐在沙發上，正在跟某人講手機。

「嗯。嗯……咦！太棒了！嗯。啊——可是，我們不能擅自做決定，這件事可能要請妳暫時保留……」

好像正在忙著討論重要事情。講話口氣比較嚴肅一點。

「嗯。對。就在下次班會時決定好——啊。」

結女注意到我走進客廳，耳朵離開了手機。

「你來得正好，水斗——同學。」

結女看到爸爸他們就在旁邊，趕緊換個稱呼方式。

「曉月同學打給我，說或許可以弄到衣服。」

「……這樣啊。」

「不過是用租的，所以也得看能拿到多少經費……我們在講下次班會時，就決定好Cosplay咖啡廳具體上的風格。」

「說得也是……況且能選好一個主題，內部也比較好布置。」

「對吧。你有點子嗎？」

「不是說在班會上決定嗎？」

「曉月同學說現在先決定好大致方向，事前先跟同學做過協商，做決定的時候才不會發生意見不合的狀況。」

「還事前做協商……她真的是高一生嗎？」

手法跟政治人物沒兩樣。

我飛快地看了一眼手上的活頁紙，然後暫且切換思維。

「……從條件來說，首先過度煽情的ＣＯＳ服ＮＧ。絕對會被駁回。」

「說得對……可是，怎樣就算過度煽情？」

「就資料看起來，迷你裙最好算成出局。假設要出女僕咖啡廳，女僕裝必須是維多利亞式。」

「維多利……？這我聽不太懂，但規定好像滿嚴格的……」

「還有，我現在是用女僕咖啡廳舉例，但假如只讓女生Cosplay很有可能被投訴。男生也能穿的ＣＯＳ服比較安全。附帶一提，讓男生穿女裝就好這種文化祭特有的惡劣玩笑，我本人堅持不從。」

「好啦，我就知道你會這麼說。據曉月同學所說，大多數女生似乎都希望走優良傳統路線而不要惡搞。大家都還滿認真的呢。」

「優良傳統啊……不分男女都可以穿，而且能夠同時討好一般人與ＰＴＡ的ＣＯＳ，還真需要點創意。」

「我覺得，妳很厲害。」

「你剛剛說的女僕裝與執事服就可以讓男生女生一起扮，但好像會跟其他班級重複。」

「是啊。如果能兼具獨創性與特色，應該也能要到比較多的經費吧？」

「是呀——……」

就在結女沉吟不語，努力動腦時……

「怎麼了？討論文化祭啊？」

坐在飯廳餐桌旁的老爸加入話題。

接著坐他對面的由仁阿姨一邊打開小包零食，一邊說：

「說是要在文化祭辦Cosplay咖啡廳。好青春喔～」

「還、還沒有確定要辦啦。必須弄到衣服才行……」

看到結女不知道在慌張什麼直揮手，老爸低聲說：「原來如此。」

「這個的話，建議你們可以找圓香商量看看。」

「咦？找圓香表姊？」

「嗯。我記得圓香在大學好像有加入戲劇同好會喔。」

「真的嗎？」

結女先是追問，然後看向我。別來問我，我也是第一次聽說。雖說我們的再從表姊種里圓香，乍看之下的確像是會參與文藝方面的活動就是。

正作如此想時，由仁阿姨偏著頭說：

「奇怪？不是美術同好會嗎？」

「嗯？是嗎？」

「嗯——……又好像說過是網球社……？」

怎麼連這都搞不清楚？還是說其實全都是事實？

「哈哈哈！總之可以確定的是她交遊廣闊，畢竟她從以前就很能跟人打成一片。衣服的話她應該有門路吧。而且記得聽說她當過學園祭的執行委員，或許可以給你們一點建議喔。」

「記得圓香的大學在京都對吧？現在還在放暑假一定有空，應該會樂意幫你們的忙吧？」

儘管情報在精確度上讓我有點不放心，反正問問看也不吃虧。

「那就試試看好了……曉月同學？妳聽到了嗎？嗯，我有個在念大學的親戚認識很多朋友——咦？嗯，是女生——胸圍？呃，這個嘛……勸妳還是別多問……」

……「我的親戚」是吧。我以為自己已經漸漸習慣了這個家庭環境，但實際聽到結女這樣稱呼認識多年的圓香表姊，還是覺得不太適應。

總而言之，事情似乎已經有了結論。沒事需要找我了吧。

但是……我還有事要找她。

我拿著活頁紙的手，稍微加重了力道。

「——咦？」

這時，結女的眼睛再次朝向了我。

「對了，你是不是有事找我？」

霎時間，我一時沒多想，竟把活頁紙藏到了背後。

為什麼？

是結女要我給她看的。我只是信守承諾罷了，沒有任何必要畏畏縮縮。應該是這樣才對……

……不，現在爸爸他們也在。結女……現在也在試著熟悉執行委員的工作，可能沒這個閒工夫。

「沒有……沒什麼。」

不用現在給她看，應該也沒關係。

給東頭看過後，再給這傢伙看就好……不過就是這樣而已。

既不是落寞，也不是疏離感。

好歹也才剛寫完一篇小說，我卻想不出適切的形容詞。

只有令人厭煩透頂的厭惡感湧上心頭。這樣不對，這樣不對，這樣不對。像個耍賴的孩子般，我的某個部分在吵鬧。

我應該已經告別那一切了。應該已隨著分手的三言兩語，將那一切遺留在國中時期了。

我無法認同這樣的自己。

假如有一本小說以我為主角，我絕對不會想看那種故事。

……想起來了。以前，我似乎也曾經有過這種心情。

我討厭心生妒意的自己。討厭言行變得帶刺的自己。所以，為了否定這樣的自己，為了宣稱我不是這種人，我——跟她低頭道歉了。

結果，妳——

——最令我討厭的自己，就是那一刻的我。

因為，我……

當我跟妳道歉，看到妳開始耍性子說我花心時……

我覺得很不耐煩——但同時……

心中的某處……卻也感到安心。

「……實在沒資格說東頭。」

希望所有人都能跟自己一樣，也許是深植於人心底層的，一種共通的欲求……

我從床上坐起來。再躺下去可能會睡著。既然要睡就先去洗澡，讓自己睡得舒服點吧。

我如此心想，走出房間。

然而，我的腳步隨即停止。

因為結女正好也在這時候，上到二樓來。

「……現在要去洗澡？」

一個單純的詢問，但不知為何，我停頓了一瞬間。

「……是啊。」

「這樣啊。」

稀鬆平常的對話。

講完這簡短的幾句話，我從結女的身邊走過，準備下樓梯。

「欸。」

這時，一聲呼喚從背後抓住我，我轉頭看她。

「今天……」

結女沒有看我，視線對著地板說：

「……謝謝你。」

聽到她那幾不可聞的微弱聲音，我微微皺起眉頭。

「……謝什麼？」

「就是……決定攤位內容的時候……」

「……雖然並不是出於情願，但我也是執行委員。我只是盡自己的職責而已。」

「可是……要不是有你在，一定不會進行得那麼順利。所以，謝謝你。」

……謝謝你，是吧。

我下了幾步樓梯，從較低的位置抬頭看結女的臉。

「……妳從什麼時候，變得這麼會做人了？」

「咦？」

「我的意思是說，我印象中的妳講話沒這麼懂事……」

講完我才發現，我多嘴了。

我尷尬地別開視線……算了，到此為止。我看我還是快快走人吧。我又往下走了一個台階……

「你是不是覺得，還是以前的我比較好？」

「嗄？」

我再度轉頭看她。

結女用略帶怒意般的僵硬表情，低頭看著我。

「我在問你是不是比較喜歡以前那個弱不禁風，又靠不住的我。」

我沉默片刻，說：

「……或許吧。那又怎樣？」

「你最好溺死在回憶裡算了。不過呢——」

結女笑了一下，接著說：

「——只有現在的我，才能傾聽你的煩惱唷？」

「……煩惱？」

「看你一臉沒自信的樣子。簡直就像那時候給你情書的我一樣。」

那時候的妳……的確就像被雨淋濕的小狗一樣脆弱無助，但是……

「……不要加油添醋。我沒妳那麼嚴重，也沒在煩惱。」

「那你是怎麼了？」

「我只是……」

「只是？」

「……我有點擔心某個不長記性的女人，可能已經忘了自己提出的約定。」

「咦？」

她眨了一下眼睛。看吧，果然不記得——

「難道說，你要給我看了？」

「咦？」

「小說！不會早點講啊！我都已經把我那篇翻出來了！」

「……原來妳還記得？」

「這還用說嗎！你應該知道我的記性還算不錯吧？」

我的腦袋陷入短暫空白。為了填補這片空白，我開口說：

「……妳的確常常記得一些不必要的事情。」

「什麼叫做不必要啊！」

「例如不知道是受了什麼的影響，只有一瞬間自稱變成『小生』——」

「啊——啊——啊——！忘記了忘記了忘記了！」

她摀住耳朵大叫之後，說：

「……不對吧，這樣說起來，你才是記得一堆不必要的事情吧。」

「……真的。」

完全沒必要。真的，毫無必要性。

這些未成熟、未分化、是非混淆的時期的記憶，都是多餘的。

「那麼……你洗完澡之後，就到我房間來吧。」

「晚上不是禁止進入嗎？」

「今晚是特例。」

結女一面窺探樓下的狀況，一面悄聲說：

「（不要讓媽媽他們發現喔？）」

……該死。

我的心臟啊——你總是這樣，不必要地亂跳。

後來，我看了結女以前寫的小說。

一個像是山寨版犀川創平的偵探，一邊滿口看似很有內涵其實根本沒有的台詞，一邊長篇大論地針對蠢到無言的密室詭計進行誇大其辭的推理。

「笑死。」

「不要一臉嚴肅地笑我啦！」

「妳上次不是說，這篇小說是抄襲克莉絲蒂嗎？我看這比較像森博嗣吧。」

「……因、因為……」

「因為？」

「這……這篇是國中的時候寫的……小學的那篇我沒找到……」

「是喔……我是不願意相信，但這個講話自以為聰明，好像把犀川創平稀釋到百分之一的偵探角色……」

不會跟我說是拿當時交往的男朋友當成原型吧？

「…………」

喂，不准把臉別開。

「……你、你得意得好像抓到我的把柄一樣。但你的也沒好到哪去啦！」

「嗄？少來了。至少比這篇好多了吧。」

「獨白的部分又臭又長不知道在說什麼，譬喻又自以為巧妙卻反而詞不達意。『就像煮過頭的咖哩』是在形容什麼？燒焦了味道變苦的意思嗎？」

「閱讀能力怎麼這麼差啊！意思是說——」

我親切用心地解釋了半天，還是沒能得到她的理解，這給了我不小的打擊。沒想到我的文章在別人看來竟然這麼難懂……

我們把對方的作品痛批了一頓後，一陣空洞的沉默造訪房間。

「我覺得，妳很厲害。」

這段窺視舊傷般的時間，使我慢慢恢復冷靜。然後我重新讀過自己與結女的小說，有了一個發現。

「……東頭那傢伙，還滿厲害的。」

「咦？東頭同學？……她有在寫小說嗎？」

「好像也有在寫小說，不過我看到的是圖畫。不是臨摹也不是描圖，是從構圖開始都自己思考。而畫中人物的臉、身體與手腳，乍看之下都很自然——妳不覺得能夠創作出別人看起來『很像樣』的東西，就已經是一種才華了嗎？看過這兩篇小說，給了我這種體悟。」

「的確……從這點來想，你的外曾祖父的自傳其實也寫得很好。」

「真的。最起碼看得懂在寫什麼。」

「就是呀……」

我們倆一起變得灰心喪氣。

雖然大受打擊，但就另一種意味來說，也增進了自信。把這拿去給東頭看，對她卑微的個性或許是能收到某種程度的療效。

在不太具有緊張感的鬆懈氣氛下，結女語氣漫不經心地說：

「……問你喔。你會想成為作家嗎？」

「不想。或許有段時期想過就是了。」

我的內心，沒有值得一寫的事物。

也沒有湧起欲求或使命感。

有的只是對於自己不該如此的焦躁感，卻沒有可以追尋的形象。

就是個空虛的人。

試著寫過小說之後，這種想法更是強烈……

「……從以前到現在，有件事我很少跟你聊到。」

「嗯？」

「其實呢，我爸爸以前是個創作者。」

我慢慢地看向結女。

結女背靠著床的側面，抱住雙膝，把下巴擱在上面。

「妳爸爸，就是妳的親生……由仁阿姨的前夫對吧？他是作家嗎？」

「不是寫小說的，不過……好像從事的是某種創作領域。只是家裡沒有類似作品的東西，所以我不知道創作的內容是什麼……」

「妳的興趣，該不會就是從……」

「嗯，猜對了。就是從我爸爸的書櫃開始的。」

結女依然把下巴擱在膝蓋上，吞吞吐吐地開始講起。

「關於爸爸，我只隱約記得躺在床上聽到的聲音……我躺在床上，會在半睡半醒之間聽到低沉的嗓音說『我回來了』。從微微透光的客廳那邊傳來……媽媽會回答『你回來了』。然後媽媽說『吃過飯了嗎？』低沉的嗓音就會說『有買回來』。」

「……不是『吃過了』？」

「對，是『有買回來』。然後，就是翻塑膠袋的沙沙聲。混雜在那聲響之間，媽媽會有點遺憾地說『這樣呀……』。這幾乎就是我對爸爸的所有回憶了。第二天早上起床，爸爸總是不在家。所以到了現在，我連他的長相都想不太起來。就算見到可能也認不出來。」

「這，我不知道該說什麼……」

我能夠想像到，她的父親工作一定很忙碌。

……但是，我更強烈地感覺到……他的行為像是拒絕融入家庭。明明跟家人同住，行為舉止卻像是一個獨居者……其中有著明確的拒絕意涵——或者是，一種隔閡。不得不說，我從中感覺到像是用隔屏把家庭空間劃分清楚的心態。

「就像你從一開始就沒有媽媽，對我來說那也是常態。再說，運動會什麼的他還是會來參觀……不過現在想想，那大概是媽媽硬把他帶來的吧。」

想必有過一番掙扎吧。

由仁阿姨一定也抗拒過這種狀況。但是到最後，還是無法將丈夫拉進「家庭」裡。因此，她不得不痛下決定。為了自己，為了女兒，或者是——為了丈夫本人著想。

「當時媽媽應該很操勞，但我自己並不怎麼討厭爸爸。」

「那是因為……妳根本沒機會見到他，無從討厭起吧。」

「也不是……比方說家裡常常沒有人在，但是有個房間裡充滿各種東西，以小孩子的心態來說不會很興奮嗎？可以盡情尋寶呀。」

「也是……」

這種心情，我也能體會。

我也還清楚記得，第一次發現外曾祖父的書房時，胸口深處湧起的那股熱情。

「小孩子不是很容易就會喜歡給自己玩具的人嗎？所以就我來說，我很感謝他給我那麼好玩的房間。」

看來……真的是常有的事。誰都有過類似的經驗。

「……呃——我們原本在講什麼？」

「在講我們沒有這方面的才華。」

「噢，對對。抱歉我離題了，總之我想表達的是……該怎麼說呢？我感覺那些創作者，看見的事物跟我們並不相同。如果從這點而論，你不覺得東頭同學很有那種感覺嗎？」

「……也對……」

「我覺得，妳很厲害。」

的確是。那傢伙看見的事物跟別人不同。

雖然她跟我非常合得來，毫無嫌隙……但在不經意之間，我會有種感覺。彷彿她與我的視角有著某種階層上的差異。

「不知道該怎麼形容那種感覺……這次也是，我覺得自己，其實並不完全了解東頭看見的事物。」

「那就去了解啊。因為除了你，一定沒有其他人辦得到。」

「妳也不懂嗎？」

「這個嘛……仔細想想，我好像也一直在追求這點。」

「這點」。

……她沒說清楚，但我彷彿聽懂了她的意思。

或許是我心理作用……不，一定是。肯定是我誤會了。

我心想，我應該跟她確認清楚。我內心深處的我，告訴我這麼做才是對的。然而……現在的我，連該怎麼問她都不知道。

「……也許，我無法看見東頭看見的事物。」

但是……

「如果只是聽她說她看到了什麼……我大概辦得到。」

「怎麼不果斷一點，說絕對辦得到？」

結女輕輕笑了笑，像在調侃膽小的弟弟。

「怎麼樣？有自信了嗎？」

「有了。有自信說自己是個凡人。」

「你這樣是凡人，那我算什麼啊？」

就在這一瞬間，一句話自然地脫口而出。

那是在一年多以前，妳交到朋友時，我應該要說的一句話。

「**我覺得，妳很厲害**。」

「……咦？」

對，就先從承認開始吧。

承認妳已不再是連飲料罐的拉環都要我來開，那種柔弱的女生。

承認妳能辦到我辦不到的事，很令我佩服——

「咦？咦？什、什麼意思啊？你說我厲害是什麼意思？我哪裡厲害？再說清楚一點啦！」

「……我說妳文筆爛到厲害啦！」

「你說什麼——！」

「我覺得，妳很厲害。」

好吧……嗯。

這種事沒辦法求快，還是一步步慢慢來吧。

就這樣，我完稿的小說一如當初目的獲得最差評價，對東頭——說錯，對伊佐奈的心病治療貢獻良多。

但意想不到的是，當初我想都沒想過，情勢發展之下竟然會組成這樣的集會——

『適逢本校即將進入文化祭期間。』

川波小暮在手機的另一頭這麼說。

『更棒的是就在前兩天，我才剛讓你跟伊理戶同學當上了執行委員！這下不只在家裡，在學校也會有更多出雙入對的機會！給過去的我一個讚！』

『不不不。』

如今已經完全恢復常態的東頭伊佐奈，冷靜地吐槽。

『沒先跟人家講好就做這種事，只會讓人一整個無言吧。就跟強迫Vtuber跟別人合作的指示廚沒兩樣。』

『要妳管！這可是我的畢生事業！妳懂個屁！』

真是給人找麻煩的畢生事業。要玩請去二次創作玩。

『總之！說到文化祭！沒什麼比這更青春的活動了。我不會叫你去告白，但最起碼得營造點浪漫氣氛給我看看！搞不好她還會反過來跟你告白咧！』

『在輕小說或漫畫裡，是常常看到在文化祭期間營造浪漫氣氛的情節，但現實當中真的有那種事嗎？尤其我們又是恪守校規的明星學校。』

『白痴啊，就是因為是明星學校，碰到活動才會玩得特別狂啊。看京大的學園祭就知道。』

『唔嗚……竟然跟這種人想到同一件事……』

據本人所說是因為京大怪人多才想到來念明星學校的伊佐奈心靈受創。不過我對京大的了解也只限森見登美彥的作品就是了。

『你們給我聽好了喔？』

川波說話口氣活像修學旅行時叮囑大家注意事項的帶隊老師。

『我們洛樓高中的文化祭，每年都會在後夜祭舉辦營火晚會。東頭知道那是什麼嗎？就是在一個很大的火堆旁邊跳舞。』

『當然知道好嗎！你也把我想得太沒接觸過社會了吧！』

『妳不覺得只要在那火堆邊一起跳舞，好像就能永遠在一起嗎？』

『原來只是你的想像！根本就沒有什麼校園傳說嘛！』

『哪有可能會有那種漫畫式的劇情啦。就算有也鐵定是抄哪個愛情喜劇的。』

「……所以呢？意思是要跳舞？要我跳？跟結女？」

我打斷兩人的相聲表演開門見山地問，川波堅定有力地回答「就是這樣」。

『不過嘛，聽說其實也沒人跳舞，就只是圍著營火卿卿我我而已。順便還能一掃在校內蔓延的東頭女友說法，一舉兩得！』

『以這種情況來說，我豈不是變成被甩速度破金氏紀錄？』

『放心啦。妳只會變成有勇無謀地想破壞伊理戶家那兩個的感情結果碰一鼻子灰的可悲女人。』

『那樣更慘啦！』

真不懂我為什麼一定得去做這種事……

「唉。」我不禁嘆氣時……

『你難道不想搞清楚伊理戶同學的真正心意嗎？』

川波帶著幾分嚴肅語氣，一針見血地對我說。

『假如伊理戶同學有那個意思，只要狀況對了就一定會有所表示；如果她沒有那個意思，你不管做什麼都只是對牛彈琴。這樣你就繼續放心跟她做兄弟姊妹吧。不管怎麼樣，都能脫離現在這個曖昧不清、懸而未解的狀態。對你來說，沒有任何壞處。硬要說有的話，就是——』

「川波。」

這次換我用強硬的語氣，叫他的名字。

「你管太多了——我也是會生氣的。」

『……嗯，抱歉。是有點太超過了。』

你太超過也不只這次就是了。

剛才的片刻緊張似乎讓伊佐奈憋住了呼吸，我聽到她呼一口氣。

『哎，總之我要說的是，又不會吃虧。就你來說的話。對吧？』

「……萬一她真的有了那個意思，那怎麼辦？」

『就跟她交往啊。』

『跟她交往就好了呀。』

「你們講得倒簡單……」

你們是局外人才能講風涼話。這兩個傢伙一點都不明白，在同一個家裡談戀愛會是什麼情況。

『真的不能接受的話，拒絕她就是了。雖然你也許會覺得像是在玩弄人家感情而過意不去——但就算是這樣，也還是得做個了斷吧？普通同學的話假裝不知道撐到畢業或許就沒事了，偏偏你們是兄弟姊妹。』

……滿口大道理到讓人火大的地步。沒錯，假如她是那種意思，佯裝不知撐不了多久。必須趁早想想辦法。

如果只是我自尋煩惱最好。那樣我就可以放心，把那女的當成姊妹看待——

「……知道了……」

『哦？』

經過一再苦惱，最後我說了：

「只要在常識範圍內，我聽你的。可別弄得太露骨，讓那女的以為我愛上她了。」

『放心放心，我明白啦！』

『就算搞砸了也還有我這個備胎，放膽去做就對了！』

『喂，妳給我差不多一點！身為女人妳都不覺得丟臉嗎！』

『一點也不，怎樣？』

就這樣，為了試探結女的真正心意，這下我非得對她做出些類似追求的行為了。

迫於無奈。

……只是迫於無奈。

我想那次約會，本來一定是個機會。

在暑假開始的不久之前，綾井約我假日出去玩。

那時候，我們至少還能聊些無傷大雅的話題。才剛剛表面上和好，正在思考如何才能回到從前的關係。

如今我知道，那是最後也是最好的一次機會。

綾井把自己打扮得漂漂亮亮。看得出來她精心打扮了一番，用她的穿搭告訴我，想跟我修復感情。

其實很簡單。

我該做的事，真的很簡單。

可是，不知道為什麼，我一句話也說不出來。以前這對我來說沒什麼，照理來講又不是第一次，沒什麼好害臊的。可是……有某種東西卡在喉嚨裡。我心中的某種東西，堵住了這短短的一句話。

很可愛。

其實，我只要說這一句話就夠了。

◆　伊理戶結女　◆

「我們出門了——！」

「好～路上小心喔～」

媽媽的聲音，把我跟水斗一起送出了家門。

水斗在家門外等我，看到我鎖門後就邁著大步往前走。看來他一點也不打算顧慮到我的需求。真拿他沒辦法。不過我也早就料到了，所以今天穿著比較好走的鞋子。

水斗穿著帽T與卡其褲，該說一如常態嗎？總之就是輕便至上。相比之下，我的穿搭也沒仔細到約會服的程度。就只是普通的女襯衫配長裙，加上入秋有點涼意所以披了條披肩。

彼此都穿便服，兩人一起出門，要說像約會是有點像。但是這次，我們不用瞞著媽媽他們。

這是因為今天，我們是要去圓香表姊的大學，看看文化祭用的服裝。

我一邊走到水斗的身邊，一邊跟他說話。

「圓香表姊的大學會不會很遠？」

「算是有點距離。不過搭電車的話，應該不會花太多時間。」

「電車啊……」

「交通費的話文化祭經費會出。」

「我不是在講錢的事情啦！」

我想到的是去買母親節禮物的時候，我在人擠人的電車上變得像是被水斗逼到牆邊……

而秋季的京都會有很多觀光客，所以今天說不定電車又是人擠人……

這不是約會。

雖然不是約會——但姑且撇開這點不論，其實曉月同學給了我一項指示。

——聽好嘍，結女？文化祭是最好的機會！籌備期間可以透過工作提高親密度，當天活動又能當成約會的藉口！也就是說……！

——也就是說？

——想追伊理戶同學的女生，會一口氣暴增！

——！

——不過嘛，畢竟他還在跟東頭同學鬧緋聞～我想這大概會碰巧變成一道防線，但可

「很可愛。」

能也會有女生不管那麼多。

——可……可是……！那個男的，怎麼可能被那種突然冒出來的女生拐走……！

——清醒點好嗎～妳忘了突然冒出來的東頭同學，現在怎麼樣了嗎～？

——嗚嗚嗚……

——所以嘍，結女妳也得積極地展開攻勢！難得當上了執行委員，狀況允許妳不用顧慮東頭同學的緋聞，可以放膽跟他約會喔！

——要、要怎麼展開攻勢啊……？應該說，什麼才叫做攻勢……？給點甜頭嗎……？

——呵呵呵，就讓我來教教妳吧。對心儀對象展開的攻勢就是！

——就是……？

——一句話——就是「這個女生該不會是喜歡我吧」——！

——……我都已經吻過他了，還能變出什麼花樣………？

——這個嘛，呃，啊……妳加油吧！

雖然最後還滿不負責任的，但曉月同學至少有傳授我一套最基本的花招。

例如走路時，比平常多靠近他半步距離。

例如找機會，不動聲色地碰他的肩膀或手等等。

例如說話時，專注地盯著對方的眼睛。

好吧，先不說異性，如果心儀的對象對自己做出這些小動作，的確會讓當事人懷疑對方是不是對自己有好感，不過……

——……呃，曉月同學？我想問個不相關的問題。

——什麼問題～？

——妳說的這些……自己有實踐過嗎？

——……………………

——曉月同學？怎麼不說話了，曉月同學？

最近，我開始發現到了。

曉月同學每次我有困擾都會提供各種建議，真的幫了我很大的忙，我也很感謝她，可是……關於戀愛方面，由於從小到大都處於青梅竹馬住隔壁這種得天獨厚的環境下，是否讓她在技術層面其實跟外行人沒兩樣……？

也不是啦？我當然也知道她比毫無男性經驗的人值得信賴。可是呢？我還是覺得呢，她肯定沒有試著用肢體接觸的方式，縮短跟青梅竹馬之間的距離過吧？

不過好吧，在經驗方面我也沒資格說別人就是了。國中時期的那次成功經驗，只能說是歪打正著的幸運——我到現在都還不明白到底是怎麼開始交往的。假如要超越那次奇妙的成功經驗，能試的方法都應該一試。

總之，我不動聲色地，試著往他靠近了半步。

「……………」

「……………」

我悄悄側眼觀察他的表情，他看起來沒在注意我。

一個健全的男生，只要有女生待在近到肩膀幾乎相觸的距離內，應該都會有反應才對！

——曉月同學明明是這麼說的。

仔細想想，這點程度的親近哪有什麼大不了？

再怎麼說，我們可是每天都在同一個屋簷下生活——不過就是走路時肩膀湊近，不得不說比起每天的生活根本不算什麼。

事實上，我也——從程度上來說——心跳沒有很快。

距離感太近也不見得是好事……

「唉——……」

「怎麼了？」

「沒有……只是人太多，有點頭暈。」

真是前景黯淡。

我們搭地下鐵前往京都車站，在那裡坐奈良線，然後在東福寺換乘京阪電車。坐準急不用經過幾站，就是離圓香表姊大學最近的車站了。

路簡單到沒得迷路。出了車站只要轉一個彎往前走，就會看見大學校區的入口。

儘管即將進入九月中旬，大學似乎還在放暑假。或許是因為如此，路上行人很少。我們沿著緊鄰車站的小學的圍牆前進。

「大學旁邊就有小學啊……不是附屬之類的吧？」

「記得應該不是附屬小學。就只是完全不相關的兩所學校。」

「沒想到有的地方竟然會把學校蓋得這麼近……」

「這有什麼，我記得大學校區旁邊還有警察學校咧。」

「咦！三所學校湊在一起？」

雖然常常聽說京都學校多，但也沒必要這樣擠在同一個地方吧。

校門開放一般民眾進入。我一面東張西望，一面踏進有生以來初次進入的大學校門。哇啊，真的進來了。

「看妳一副鬼鬼祟祟的樣子。搞不好什麼都沒做就會被警察抓走。」

「沒、沒辦法啊，我從來沒機會進到大學裡看看嘛！」

「又不是要進來念，太誇張了吧……」

怎樣啦！跟我分享一下感動的心情會死嗎！

水斗找到校區地圖，平心靜氣地走過去。看到他那種完全不懂得體諒別人的態度，我已經是生氣而不是沮喪了。就算不是約會也不能這麼粗神經吧！

我一面氣得啞口無言（亂用成語），一面跟水斗一起看地圖。記得跟圓香表姊約好的地點是——

「我看看……顯……真館？是這樣念嗎？」

「為什麼每次都要給設施取這種漢字容易搞混的名稱……」

儘管看起來沒那種感覺，這所大學其實是佛教學校，設施名稱好像也都取自佛教典故。這方面跟國中或高中有著很大的差別。

我們倆正一起看著校區地圖腦袋打結時，有人來了。

「啊——！你們在這裡啊！」

背後忽然傳來一個熟悉的嗓音……

「嗨！你們倆好啊——！」

那人拍了拍我們的背。

我吃驚地轉頭一看，一位戴著時尚眼鏡的大姊姊「咿嘻嘻」調皮地笑著。

她穿著淡色系的女襯衫與飄逸的長裙。光看外表只能用清純玉女大姊姊來形容的模樣，以及高高撐起襯衫的豐滿胸圍，正是一個月前在鄉下認識的她。

種里圓香表姊。

水斗的——也是我的再從表姊。

「一個月沒見了——！過得都還好嗎——？」

「我們很好。圓香表姊別來無恙……」

「嗯嗯，結女也是別來無恙……穿搭整個撞衫了呢！」

「啊。」

仔細打量了一下，發現今天的我與圓香表姊的穿著，撞衫到簡直像是情侶裝。

「對、對不起，我忘了……」

「沒關係沒關係～反正要換衣服嘛！咿嘻嘻！」

圓香表姊還是一樣，陽光系活力全開到與服裝搭配的印象完全相反。水斗一句話也沒說，不過換成國中時期的我反應大概也跟他一樣。

「水斗表弟也是，好久不見！上次在鄉下以外的地方看到你是什麼時候？」

「……不記得了，大概是什麼的法會吧。」

「喔——這樣呀這樣呀。哎呀～你長高了呢！」

『很可愛。』

圓香表姊絲毫沒因為水斗的冷淡應對而退縮，面帶笑容，講話像個嬸嬸阿姨。但我覺得一個月前才剛見過面，不可能長高到哪裡去吧。

「那麼把握時間，我們走吧——！衣服都放在社辦！」

圓香表姊一派自然地靠到我身邊，理所當然地挽起我的手臂。手臂就像陷入豐滿柔軟的胸部裡一樣，我明明是個女生，卻在心裡發出「喔哇啊——！」的慘叫聲。

就連胸罩的堅硬觸感都讓我心跳加速。這就是F罩杯的力量……如果是這樣……整天被東頭同學的G罩杯黏住不放的水斗不曉得做何感想？怎麼能都一副坐懷不亂的神情？性冷感嗎？

我沒有甩開表姊，就這樣跟她手挽著手走在沒幾個人的校區。橫越設置了舞台以及咖啡廳的廣場時，圓香表姊偷偷把臉湊了過來。

「（結女，結女。上次那件事後來怎麼樣了？）」

「（那件事是指……）」

「（就是有個姓東頭的女同學，當了水斗表弟的女朋友那件事！其他親戚都信以為真了，但那只是誤會一場吧？）」

「（是……誤會，沒錯。可是……）」

「（哇喔～事情顯然並不單純。）」

我一面在意默默跟在後面的水斗，一面簡短解釋最近發生的事情。我告訴她水斗與東頭同學的交往緋聞不只在親戚之間，學校上上下下都知道了，幾乎已經變成了公認狀態……

「（那還真是……呃，該怎麼說……這下難解決了呢。）」

「（真的……）」

除了難解決也實在沒得形容了。

「（所以這次的感覺就像是拿籌備文化祭當作藉口，想來個逆轉勝嗎？妳也挺有一套的嘛——♪）」

「（算、算是吧……雖然是朋友出的主意就是了。）」

「（哦。看來您有位能謀善斷的友人呢。說不定跟我挺合得來的。）」

圓香表姊跟曉月同學都是陽光系，或許的確會合得來，可是圓香表姊明明就很不會安排撮合。真不知道這種強者氛圍是從哪裡來的。

我們走出大到需要仰望的正門，暫時離開校區。

她說社辦那棟建築物位於另一個校區。我們越過行人穿越道，走進現代風格的漂亮設施。

「圓香表姊有加入戲劇同好會嗎？我媽媽講得不是很清楚。」

「我沒有正式加入任何一個社團喔——但我男朋友是戲劇同好會的，我偶爾也會去幫

「很可愛。」

忙。大概就像準社員？」

「咦？這樣借衣服沒關係嗎？」

「沒關係沒關係。我已經跟他們講好了，而且反正社團成員都是朋友嘛。他們說只要有借有還就不用付錢沒關係——」

太強了。「都是朋友」這種話只有真正的陽光系才說得出來。

「啊，不過……」

圓香表姊忽然「咿嘻嘻」地笑起來，把嘴巴湊到我耳邊。

「（不可以用來做色色的事喔。會把衣服弄髒的！）」

「（妳、妳不講我根本都沒想到……！）」

怎麼可能做那種事啦！……要是穿個Cosplay就能解決，我早就……嗚嗚……

讓圓香表姊走在前面，我們爬了幾段階梯。

走在走廊上，就聽到一扇扇林立的房門之中隱約傳出說話聲或笑聲。這種氣氛讓我覺得很新奇，但圓香表姊當然毫無反應，直接把我們帶進戲劇同好會的社辦——這樣叫對嗎？還是應該叫同好會辦公室？

房間裡雜物很多，看似私人物品的漫畫雜誌以及空寶特瓶直接丟在桌上，數不清的瓦楞紙箱在牆邊堆積成山。

喔喔……好有社辦的感覺！

「衣服就在那些紙箱裡。那就隨便打開來挑吧。」

「呃……？保存得這麼隨便沒關係嗎？」

「其實有關係，但租衣櫃也要花錢嘛。」

圓香表姊一邊說，一邊沙沙有聲地拆開用麥克筆潦草寫上「服裝」二字的紙箱。

往箱子裡一看，的確塞滿了不能稱為一般洋裝，很有戲劇味道的服裝。不過既然是要用來演戲，有戲劇味道是當然的。

「嗯——……本來以為會整理得更有條理，看來真的只是隨便往箱子裡塞耶。結女、水斗表弟，我們分工合作，把箱子都打開吧。」

「好的！」

不等我回答，水斗一言不發地自己打開紙箱。這男的怎麼連對親戚的態度都這麼差？

要找的是可以用在Cosplay咖啡廳的服裝。因此為了加強訴求力，最好能夠具有明確的概念。所以不能只挑稀奇罕見的衣服。必須要是一看就懂，而且具有視覺美感的那種……

「哦！……嘻嘻，結女結女，這種的怎麼樣？」

看到圓香表姊笑嘻嘻地攤開給我看的衣服，起初我沒想太多，只覺得「啊，好可愛」。

就是女服務生制服式的圍裙搭配半袖女襯衫，十足歐風情調的衣服。

「很可愛。』

但是……仔細一看……

「呃……這個……胸、胸口會不會開太大了……？」

領口開得不是普通的大。這樣胸部的上半部都看光了吧……

「結女我跟妳說，這種衣服叫做阿爾卑斯村姑裙，是德國的傳統民族服飾喔。」

「是、是這樣啊……」

「沒錯。現在德國每逢節慶時還是會穿，換個說法就像和服。所以不會色色喔。就算乳溝看得跟泳裝一樣清楚，也一點兒都不會色色喔。」

「意思就是妳也覺得很情色嘛！這樣一直強調！」

「穿穿看嘛？好嘛？既然是文化祭嘛？趁這機會學習一下德國文化嘛？」

圓香表姊兩眼發直，硬是想把這個什麼阿爾卑斯村姑裙塞給我。不行啦！完全是想吃豆腐的眼神啦！

「不准。」

忽然聽見一種有點僵硬的聲調，接著水斗迅速伸出手臂，岔進我與圓香表姊之間。

「不管是傳統服飾還是民族裝扮，太暴露的衣服會被籌備委員會駁回。所以，這件衣服不能用。」

聽到水斗講得咬字清晰，像是要把話說個清楚明白，圓香表姊連連眨了幾下眼睛。

「……哦～？」

然後別有含意地笑笑，把村姑裙收了回去。

「知道了知道了，那就算了吧。也是啦，你可不想讓結女穿成這樣，暴露在一大堆陌生人的眼前對吧？」

「……請挑選不會妨礙風化的服裝。」

說完，水斗就繼續去拆他那邊的箱子了。

剛才……他是不是有點動怒？

是不是不願意看到……別人逼我穿比較暴露的衣服？

嗚哇，我的嘴角快要失守了……！難道說他第一個就先給太暴露的衣服ＮＧ，也包含了這層意思？用意是想保護我？嗚哇。嗚哇～！

「咿嘻嘻。那就來找不會惹水斗表弟生氣的衣服好嘍，結女？」

「好、好的……啊，請等一下。」

我攔住正要把村姑裙收起來的圓香表姊。

然後細細打量衣服的造型。

「怎麼了？還是想穿穿看？」

「不是……比起我……」

「很可愛。』

這個，好像很適合東頭同學。她來穿一定超好看。

「……順便問一下。」

「嗯？」

「可以為了私人用途借用嗎？」

圓香表姊愣愣地偏著頭，說：

「不可以用來做色色的事喔。」

「我……我不會啦！」

讓東頭同學穿胸口大開的衣服，應該不算是色色的事！應該吧！

我解開襯衫的小顆鈕扣。

在今天第一次進入的房間脫衣服，讓我有點心緒不寧。一想到水斗就在隔壁房間，更讓我心中忐忑不安。

「結女妳還是一樣，沒有半點贅肉呢。肌膚也好光滑，這就是女高中生啊……」

像個評論家般盤點我的身材的圓香表姊，早就脫到只剩下內衣褲。與清純的穿搭正好相反，胸罩與內褲都是紅色蕾絲款，非常火辣。這已經不只是成人內衣褲，看起來根本像是所謂的決勝內衣……

「……圓香表姊，妳平常都穿這種的嗎……？」

被我怯怯地一問，圓香表姊開懷地笑著說：

「哪有可能啦！平常上下兩件顏色不一樣都沒在計較的……今天是因為要給人看嘛。」

「意思是……」

是指現在這一刻？……還是說，之後有別的預定行程……？

圓香表姊笑得別有深意，說：

「不告訴妳，妳猜是哪一個～？」

她毫不猶豫地解開了胸罩的小顆前扣。

我們現在正準備來試穿挑好的衣服。

這不是我們能擅作主張的事，所以打算乾脆試穿之後拍照，拿到班上討論再做決定。

我當女生的範例，水斗是男生的範例。

社辦隔壁有另一間房間，於是我跟圓香表姊到那邊去，水斗則留在社辦換自己的衣服。

這時候就要問到為什麼連圓香表姊都要換衣服了，可是，是她自己說：「我也想穿——！」所以沒辦法。

而且圓香表姊拿在手上的，還是我與水斗說過太暴露了不行的那種衣服。布料太少，連胸罩都不能穿。

「嗯——……」

總之，我第一件先試穿了最傳統的女僕裝。

這件比起在動漫裡看到的類型裙子更長，都快到腳踝了。

所以我穿了也不會覺得太害羞。但這個有皺褶的髮箍就有點——……

「不錯嘛！很可愛很可愛！去跟水斗表弟配配看吧！」

「配配看是什麼意——呀！」

我被圓香表姊推著背，跟水斗會合。

水斗穿上了執事服。線條修長纖細的體型，穿起給人挺拔印象的黑色款非常好看。

「哦——！不錯！讚喔！」

圓香表姊興奮起來，拿出智慧手機猛拍照。

其間，我頻頻偷瞄水斗。雖然他排斥地皺著一張臉，但真的很適合他。再來只要把髮型弄得更正式——

——啊！

現在……不正是展開攻勢的機會嗎？趁現在稱讚他，不就可以讓他對我產生那種感覺嗎？

好，看我的……！

「我、我說啊……」

「嗯？」

「你……你穿起來……很好看喔。」

說出口了！

雖然講話有點結巴，但最起碼說出口了！以我來說算不錯了！

水斗停頓了一下確定我的意思，然後說：

「謝啦。」

就這樣？

人家拚命鼓起勇氣稱讚你，你就這點反應？不會反過來稱讚我啊！就算只是禮貌性回應，這時候也該說「妳穿起來也很好看」吧！

嗚唔唔……！明明就是個宅男，居然對女僕裝沒反應……！

「圓香表姊！我們試穿下一件吧！」

「哦！結女興致也來啦？」

「來了！」

接著穿的是中國旗袍。

當然，由於下半身有開衩的關係，腿部大膽露出，但圓香表姊的意見是：「穿上膚色褲襪就不違規了吧？」所以暫且當成過關。

問題在於……

現在根本沒有什麼膚色褲襪。就只能正常裸露腿部。

我心想：「這個怎麼樣！」穿得像是中國可疑咒術師一樣來到水斗面前……

「喔。」

就這樣！

真的夠了！這傢伙！平常露腿會害羞，連穿制服都要穿褲襪的我，可是把整條腿都露出來了耶！就一聲「喔」！

後來我又試穿了越南長襖或是小魔女等各色裝扮，但水斗的反應全都是「哦」、「喔」或是「嗯」。

「哇——穿什麼都好可愛！」

表情最滿足的是圓香表姊。

圓香表姊穿著很像泳裝的衣服（衣服？）配上輕紗般薄布，看起來就像個舞孃。

像圓香表姊這樣前凸後翹的人做這種打扮，感覺只要踏出房間一步就有觸法之虞。但水斗依然無動於衷。

圓香表姊也沒好到哪去，若無其事地翹起暴露無遺的雪白大腿，把手機拍下的照片重看一遍。

「說到衣服，妳在夏日祭典穿過的浴衣也很可愛呢——黑色長髮搭配和服果然是正義！」

「先、先不管是不是正義……和風服裝或許是個不錯的選擇呢。暴露程度也低。」

「的確是～ＰＴＡ應該也會很喜歡。和風啊～忘記有沒有巫女服之類的了——……」

圓香表姊手腳著地，在紙箱裡翻翻找找。臀、臀部！小心妳的臀部！妳現在穿的衣服幾乎什麼都遮不住啊！

「啊。」

我正在有意無意地擋住水斗的視野時，圓香表姊從箱子裡抓出了一樣東西。

「都忘了還有這個呢！妳看妳看，這個怎麼樣？」

「這是……？」

看起來……好像是和服，但只有上半身。應該說是只具有那種外型的仿和服上衣嗎？圓香表姊把這件跟一件像是袴褲的衣服拿過來。

「嗯——這個就是——……啊，有了。我有去年學園祭的照片。」

圓香表姊滑動手機，「這個這個！」把畫面拿給我看。

「很可愛。」

畫面上顯示著一個站在舞台上的女生。上半身是華美的紅色和服，下半身是焦茶色的袴褲——鞋子是靴子嗎？

「好可愛……！」

「是吧？應該叫做大正浪漫吧。我也很喜歡的說！」

風格和洋折衷，既可愛又帥氣。暴露度明明非常低，卻一眼就能吸引目光。

這可能是目前試過的衣服裡最好的一件……感覺可以獲得籌備委員會的青睞，又不失Cosplay感。而且概念也很明確……最重要的是，我猜其他班級應該弄不到這種服裝。

「可是，這樣的話，男生要穿什麼呢？」

「男生是這款。」

圓香表姊滑動螢幕，給我看另一張照片。畫面上顯示的是——

「書生！」

和服加袴褲，配上學生帽與斗篷！這正是標準書生模樣……！

「很棒吧？」

「很棒！」

我全力點頭。這種彷彿把知性穿在身上的裝扮，比剛才的執事服更戳中我的喜好。很棒！棒透了！

……可是，問題是另一個執行委員會不會准……

我悄悄轉向水斗，怯怯地問：

「……怎麼樣？」

「這個嘛……的確合乎條件……」

哦？到目前為止就屬這次的反應最好。雖然沒有立刻答應下來，但水斗或許也覺得碰上了正確答案。

「好，總之先穿穿看！水斗表弟也要！」

咦！

對……對喔……得拍照當成範例才行……要讓……要讓水斗，穿上這個清秀的書、書生式服裝……

我頓時緊張起來，到隔壁房間換了衣服。衣服只是像和服而不是真正和服，穿起來一點也不難。尺碼似乎也滿寬鬆的。

我用腳尖輕敲幾下地面，確認靴子穿起來的舒適度時……

「幫妳把頭髮綁一點起來喔。」

圓香表姊幫我抓一點頭髮綁在後腦杓，插上一枝好像是小道具的髮簪，成了跟圓香表姊一樣的公主頭。多了這個造型，穿衣鏡中的我整個人看起來更像大正時代的良家千金了。

『很可愛。』

「真不錯——！窈窕淑女一個！」

被圓香表姊捧上天，我也開始變得樂陶陶的。

我左右轉動身體，試著晃動頭髮、衣袖與袴褲的下襬。如此呈現出的非現實剪影彷彿不屬於我自己，漸漸給我一種正在玩娃娃的錯覺。

這件不像剛才那些服裝來得難為情，而且可能因為是戲服的關係，穿起來沒有看起來那麼緊繃。再說……最重要的是，衣服很可愛。

「……圓香表姊，這個有幾件？」

「妳喜歡嗎？」

「嗯，還滿……喜歡的……」

「大概有四、五件吧。再加上男生的份，我覺得給外場人員穿綽綽有餘喔。」

那麼只要男生穿起來也不錯……不，我幾乎可以確定絕對好看。畢竟這半年來，這世上就屬我看這男的看得最久。什麼衣服適合他什麼不適合，不用實際看過就能推測出八成——

我們先敲門，然後回到水斗換衣服的社辦——然後……

「！——」

「喔哇啊——！」

我才剛要發出歡呼，就被圓香表姊好像戰鬥類漫畫有人被打飛時發出的那種大叫蓋過。

圓香表姊兩眼發亮，奔向一臉滿不在乎地轉過頭來的水斗。

「水、水……水斗表弟！咦！你真的是水斗表弟嗎！就是那個嬌小可愛的水斗表弟？」

「妳對我的認知到底停在幾年前啊……」

一臉傻眼的水斗，就像剛才我在照片上看到的，穿著和服與袴褲，頭上戴著學生帽，一身書生式打扮。

好帥……

帥到不行……

我的眼光太準了。這套服裝，與水斗線條纖細的面容還有知性氣質完美契合……我、我已經不知道該怎麼說了……

「書，來本書！水斗表弟，你拿本書夾在腋下看看！要線裝的！小道具的箱子裡應該有！……對對對！那個那個那個！……嗯──可是好像還缺了什麼……」

「是、是眼鏡……！圓香表姊，眼鏡……！」

「就是它──！」

我與圓香表姊兩個人興奮難耐地讓水斗戴上小道具裡的無度數眼鏡，結果圓香表姊又「喔哇啊啊──！」大叫一聲被震飛了。我雖然沒叫，但心裡也是同樣的感受。

圓香表姊雙手摀住嘴巴，渾身不住顫抖。

「很可愛。」

「太、太可愛了……太帥了……可愛爆……帥爆……發現親人當中竟然有這種天菜，大姊姊難掩內心激動啊，水斗表弟……」

「言過其實了吧……這沒有什麼。」

「啊——！講敬語也很搭！」

超搭！我在心中猛烈點頭。

之前那個型男家教風已經很棒了，但這個也很帥……！超帥，帥到不行……！啊，我詞窮了……！找不到詞來形容！

「你、你們倆過來一下，並排站好！快點！」

「咦……！」

我被圓香表姊用力連推肩膀，站到水斗的身邊。啊，別這……不、不要讓我靠近他！會死！我會死掉的！

「喔喔喔，這個不得了……大正啊，現在這一刻就是大正年間！再靠近點，你們再靠近點！」

圓香表姊興奮激動地喀嚓喀嚓猛拍照。

我變得渾身僵硬，頻頻偷看距離近到肩膀快要相觸的水斗。學生帽的帽檐在他略顯稚氣的臉龐落下陰影，賦予了水斗一層憂鬱的氣質……

噫咿咿——！嘴、嘴角……！阻止不了嘴角上揚……！

「哇——這下子定案了吧！洛樓的文化祭會開放一般民眾入場對吧？我會去！我去定了！」

圓香表姊舉辦的攝影會結束後，我才終於急步逃離水斗的身邊。差、差點以為心臟要停了……

正覺得放心而鬆一口氣時，圓香表姊快快地對我招了幾次手。是怎麼了？我靠過去一看……

「妳看妳看，最棒的一張。」

她要我看剛才拍的照片。

畫面上是一個紅著臉側眼偷瞧身旁書生的窈窕少女——我、我也太不會隱藏表情了吧……！

我只顧著驚愕於自己的不設防，所以要等到圓香表姊說「這裡，這裡」指給我看，我才發現到那件事。

發現不只是我——水斗也在側眼偷瞧我。

「咿嘻嘻。雖然沒講出口，但好像還挺滿意的喔？」

我用和服袖口迅速遮起了嘴。

『很可愛。』

我再也……無法壓抑感情了。看到這個……我的表情注定要失守。

「那個……這張照片……」

「知道啦。我會寄給妳的。」

我用細微的聲音道謝。

後來，我望向一臉裝傻表情的水斗。

阻止我穿太暴露的衣服的時候也是，現在也是……

這男的……其實根本就喜歡我吧？

換回原本的衣服把社辦收拾整齊後，圓香表姊說：「難得來了，要不要逛逛大學？」邀我們到處走走。

這是難得的機會，我決定恭敬不如從命。水斗也是，嘴上雖然講得好像急著回家，最後還是跟我們一起逛。

看過體育館、餐廳、上課用的研究室與圖書館等等之後，我們到位於中央廣場的咖啡廳休息。我不太常去咖啡廳，大學的咖啡廳更是顯得格外新鮮。直到店員帶位讓我坐在圓香表姊的對面之前，我的反應都像個鄉下土包子。

「坐過去一點。」

但水斗一坐到我旁邊的瞬間，我的意識霎時全被他拉走。

特、特地坐到我旁邊！圓香表姊旁邊的位子明明也空著……！

不不，我冷靜點。只不過是現在比起圓香表姊這個親戚，他比較習慣跟我這個繼姊妹相處罷了。一定是這樣……啊～！可是讓我好在意～！

圓香表姊拿起菜單，說：

「你們要點什麼──？也有蛋糕之類的唷，而且是良心價！別客氣儘管點──」

嗯……要點什麼好呢？畢竟還要吃晚餐，最好叫個小點心就好，可是……

「蛋糕跟芭菲看起來都好好吃……」

「我點個咖啡就好。水斗表弟呢？」

「我點紅茶──還有這個蛋糕。」

「咦？」

水斗指著我猶豫不決要點芭菲還是這個的巧克力蛋糕。

水斗一臉平淡地說：

「這個我點，妳點那個芭菲。然後再分享，這樣就兩種都吃得到了。」

「啊……呃，嗯。你說得對……」

這麼溫柔要幹嘛啊！怎、怎麼回事？當起男朋友了？我們該不會已經在交往了吧！

看到水斗的這個舉動，圓香表姊的兩眼也意味深長地發亮。表姊妳也這麼覺得吧！不是我誤會吧！好感！這裡面有好感，對吧！

「哦——？」

……不不不，冷靜點。照這男人的個性，或許只是對自己吃的東西沒什麼堅持。沒錯，就是這樣，一定是……對吧？

過沒多久，芭菲端到了我的眼前，蛋糕放在水斗面前。芭菲比較小一杯，正好適合當點心。最上面的冰淇淋不會太甜，帶點酸味。嗯……我可能比較喜歡再甜一點。

「你那份吃起來怎麼樣？」

水斗面無表情地把巧克力蛋糕一口一口往嘴裡送，一聽就放下叉子，沉默地把整盤蛋糕推給我。作為交換，我也把芭菲推到水斗那邊。

「哎喲？怎麼不餵對方吃呢——？」

圓香表姊裝腔作勢，笑嘻嘻地說了。

……的確，講到分享食物……都是那樣沒錯。然而照這男人的個性，絕不可能在別人面前，尤其是當著親戚的面做出那種調情動作……可是可是，照他今天給人的感覺，搞不好，說不定——

『很可愛。』

「不要。」

水斗不留情面地說了。

……我就知道。真不曉得我在期待什麼——

「那不是在大庭廣眾之下該有的舉動吧。」

但他的下一句話，使我的腦袋短暫停擺，圓香表姊則是露出愣愣的表情。

「……奇怪？聽起來怎麼好像只要不是公共場合，你都會這樣做？」

「隨妳怎麼想。」

奇怪？為、為什麼？為什麼不直接否認呀？明明平常的話他應該會徹底否認到讓人生氣的地步——

「怎麼了，結女？看妳在發呆。」

「咦？啊，沒有，想、想點事情……你、你看嘛，吃這種東西，總是會比較擔心熱量啊！」

他湊過來看我的臉，我急忙找了個藉口掩飾。

他、他竟然會關心我……果然比平常溫柔好多——

「是喔。原來妳也會在意啊。」

「咦？……什、什麼叫做我也會在意啊！」

「整天看妳發懶耍廢吃零嘴，還以為妳都沒在擔心。」

「我、我哪有吃……好啦有啦，但我才沒有發懶耍廢！」

一下子對我好一下子又挖苦我，到底要怎樣啦？討厭！

把大學校區參觀過一遍後，太陽也快下山了。

我們也該回家了。圓香表姊之後也有事，大家就此解散。

我們從鄰近車站的校門走出校區。圓香表姊邊用手機看時間邊說：

「等一下我在木屋町有酒局——男朋友說好會來接我……啊，來了來了。」

一輛汽車開過來，停在稍有距離的位置。圓香表姊對著坐在駕駛座的男生揮揮手。那個人就是圓香表姊的男朋友……距離太遠看不清楚，但說也奇怪，好像給人一種累壞了的感覺……

「那我走嘍！期待參加文化祭喔——！」

圓香表姊小跑步跑向汽車，對著駕駛座的車窗說：「謝謝～」然後繞到副駕駛座坐進去，從車內對我們揮了揮手。

汽車往前開，轉眼間就消失在馬路前方。她跟男朋友一起開車離開的模樣，看起來莫名

『很可愛。』

地成熟，我注視著汽車駛離的方向，靜靜地沉浸在感動中。

然而……

水斗語氣詫異地說：

「……他們是去參加酒局對吧？」

「咦？她不就是這麼說的嗎？」

「這樣的話，她男朋友不就不能喝了？」

「…………………」

之前表姊說過自己容易喜歡上沒用的男人……但撇開這點不論，她似乎也還滿會使喚人的。

……又或者是……

換衣服時看到的，圓香表姊只穿著內衣褲的模樣，浮現我的腦海。

會不會是故意不讓男朋友喝酒，好讓他來**照顧**自己——

我一不小心想像到穿著酒紅色昂貴內衣褲的圓香表姊，嬌懶地躺臥在床上的模樣，急忙叫自己不准再想。雖說沒有血緣關係，但想像到親戚的那種場面還是太尷尬了！

剩下我們兩個高中生，走過行人穿越道，往車站的方向走去。

距離感還是一樣，即使縮短半步，依舊沒什麼大改變。對話也寥寥無幾。

今天這一天，想必就要跟這半年來一樣，用這種方式慢慢結束了吧。

可是……可是。

我不希望維持現狀。

曉月同學支持我的想法。而今天的水斗……讓我感覺跟平常有一點點不同。

所以──所以。

不要緊的。

一定──不會出錯。

「……問你喔。」

今天這一天推了我背後一把，嘴裡自然而然迸出了話語：

「我……啊，沒有，我是說我今天穿的衣服！……你覺得可愛嗎？」

我有勝算。就是圓香表姊幫我拍的兩人合照。那張照片拍到的那道視線，已經將水斗的真心告訴了我。

所以……就算水斗現在講話氣我，我也──

「……很普通啊。」

看吧。

這傢伙絕對不會誠實說出心裡的──

『很可愛。』

「就普通**可愛**。」

——欸？

「咦？」

「……啊。」

水斗急忙摀住嘴巴。

「等、等一下。暫停。我、我講錯了……」

「……講錯了？那本來要講什麼？」

「我……是……要說——……啊，該死！腦袋當機了！……真不該逼我做自己不習慣的事……」

水斗一邊發牢騷，一邊逃也似的匆匆往前走。

我也加快腳步追上他的背影，同時不禁微笑。

好開心。

好開心。

好開心。

最開心的是——被你稱讚，我能夠坦率地感到開心。

——跟你說喔。

——我喜歡你，你知道嗎？

——我要你知道，我喜歡你。

沒有化作言語，只是含藏在視線裡，送往他那頭也不回的背影。

雖然現在，還不能傳達給他。

但總有一天，一定……我發誓。

◆　伊理戶水斗　◆

——聽好了，伊理戶。不用有什麼大動作。只要言行舉止跟平常有點差異就夠了。

從大學回來後，我想起了川波對我說過的話。

我要確認結女的想法。為此，我必須對結女有所表示。

川波與伊佐奈都跟我強調，今天的外出正是天賜良機。

——一點點，一點點就好。只需要比平常溫柔一點點！比平常稍微有男子氣概一點點！

「很可愛。」

其實只要這麼一點小動作，就能引起對方的注意了。

——我懂！特別是水斗同學平常反應都太冷淡，只要態度稍微變溫柔一點就差很多！

——真是，帥哥就是占便宜耶！

沒錯，一切都是那兩人的指示。我並不是自願對結女有所表示的。

我，再也不可能喜歡上那傢伙。

……誰知道——

——不難吧？又不是叫你去瘋狂稱讚她有多可愛。

「…………我講過頭了…………」

一失足成千古恨。

我竟然做出了他們沒下指示的事情。

對——這是失誤。

因為現在再來講這些，也已經沒意義了。

◆ 伊理戶結女 ◆

「「「好可愛喔——！」」」

隔天，我把拍下來當成範例的大正浪漫服裝照拿給班上女生看，大家立刻興奮得尖叫。

特別是曉月同學簡直反應過度了。

「可、可愛！可愛，可愛可愛可愛可愛…………！」

「小月月壞掉啦——！」

「南妹乖，回妳的籠子裡去喔。」

曉月同學鼻子呼嘶呼嘶直噴氣，被麻希同學與奈須華同學緊緊抓住。我強烈感覺到自己可能貞操不保，不禁後退一步。

「好好喔——！嗚哇——好好喔——！」「我也想穿！……可是八成沒有伊理戶同學穿起來好看……」「說到痛處了！」

我覺得是服裝做得好，但被大家這樣大力稱讚，讓我也有點不好意思起來。

……但是，精彩的還在後頭。

另一張……另一個人的照片，我還沒拿給大家看。

「應該說，我們班上有男生跟這個配得起來嗎？」「會是書生風對吧——？好像很聰明

「很可愛。』

的感覺。」「很難找到吧，又要富有知性，又要酷酷的，還要線條纖細——」

女生們七嘴八舌地說著，視線卻也徐徐往一個方向集中。

在視線聚集的方向……

一個線條纖細，成績在同年級當中名列前茅的男生，在那裡一副事不關己的表情看書。

我一邊無法阻止自己的嘴角上揚，一邊充滿自信地拿出另一張——水斗的書生風照片給大家看。

「「「喔哇啊啊啊——！」」」

大家都被震飛了。

我心中充滿神祕的優越感。

水斗在自己的座位上愁眉苦臉。

這下定案了。

我拿出準備交給籌備委員會的資料，在攤位內容的欄位填上「大正浪漫咖啡廳」。

其實我也明白。

綾井沒有惡意。是我沒事愛吃醋，意氣用事。

但是——我就是無法忍受。

只要想到妳可能是用那種眼光看我，就覺得怎麼樣都容忍不了。

——跟你說喔，伊理戶同學。

——班上有個女生很愛看書。我跟那個女生講過伊理戶同學的事情，然後她就——

拜託饒了我吧。

妳上次不是還在生氣嗎？只因為我跟其他女生義務性地聊了兩句。

為那種事生氣的妳，怎麼會來跟我講這種話？

所以妳是在可憐我嗎？自己一交到朋友，就馬上來可憐我？

妳也——覺得我很可憐嗎？

——拜託別再說了。

——我對妳的朋友沒興趣。

我知道。我知道。

我知道講話要注意語氣。

就算再怎麼覺得遭到背叛；就算我可以不管別人，唯獨不希望妳用那種方式對待我；就算我心裡這樣想……

至少綾井，是用她的方式為我著想。

她一定是覺得如果關係生變的起因是朋友，只要讓我加入她的朋友圈，或許能夠改善部分狀況。

我知道。我知道。

我很明白。

我知道我應該忍下這口氣，隨便找話糊弄過去。

應該斟酌一下用詞遣句。

其實這些——我在理性上都很明白。

◆　伊理戶水斗　◆

第一次走進會議室，我看到各班選出的文化祭執行委員，已經分成各年級一排排就座。大家鬧哄哄地大聲說笑，還能看到一些像是互相認識的人不分班級或年級湊在一起。氣氛與下課時間的教室沒什麼兩樣。

我與結女藏身於這種悠閒放鬆的氣氛中進入會議室，從白板上確認座位順序，在一年七班的座位坐下。

「（……沒想到氣氛還滿鬆散的呢。）」

「（哎，委員會說得好聽，其實八成就是一群猜拳猜輸的人吧。）」

「（不用講成這樣吧。）」

沒人會自願擔任執委，士氣低落是當然的。再加上老師似乎還沒到場。搞不好委員會議開始之後，照樣是這種拖拖拉拉的氣氛——

——但**她**一出現，便一掃我的這種想法。

門打開了。

然後，一名嬌小的少女當先而入，踏進會議室。

就在這一瞬間，二、三年級生霎時變得鴉雀無聲，一年級生的圈子見狀，也跟著安靜下來。

「或許吧。』

會議室的氣氛頓時充滿緊張感，接著一個男同學與一位老師，也踏進了教室。包括最早進來的那名少女在內，三人來到擺在白板前的長桌就座。

坐在中間的，就是那當先而入的少女。

之所以聲聲句句稱她為少女，是因為她那稚氣的容貌。她的個頭比結女矮，可能比南同學略高一點。穿著的不是西裝外套而是學校指定的針織衫，以及左右長度不同的非對稱髮型都令人印象深刻。

然而更重要的是……

為她造就鮮明印象的，是那不合乎嬌小體格的強烈存在感。假如太宰治或大小仲馬那樣的曠世天才出現在我眼前，或許也會給我這樣的感受——少女無從隱藏的耀眼光環，讓我毫無根據地產生這種感想。

滴答。

白板上方的時鐘，指向執行委員會議的開始時間。霎時間，她向眾人宣布：

「時間到了。坐吧。」

明明是搖響銀鈴般的少女嗓音，卻凜然難犯地響徹室內，讓原本站著的學生們軍紀嚴明地迅速就座。

她面露微笑，就像在說：你們真乖。

接著，她輕啟薄唇：

「首先讓小生做個自我介紹。小生是二年七班的紅鈴理，擔任學生會副會長。他是擔任會計的羽場丈兒。這位則是學生會的顧問荒草教師。」

坐在她——紅鈴理副會長左邊的男生簡單打個招呼，坐在右邊的荒草老師則是嗓音渾厚地說：「大家要多幫忙。」

她介紹的那個擔任會計的男生——好像叫做羽場丈兒？是個存在感薄弱到才剛介紹完就快忘掉名字的學生。只有像是自然捲的頭髮與土氣的眼鏡，能在腦中勉強留下一點印象。與副會長簡直是完全相反的典型。

「先跟大家說明一下吧。我們洛樓高中學生會，每年都是以文化祭作為任期內的最後一項工作。因此按照往年慣例，現任學生會長只負責幕後工作，並且從委員當中指名一人帶領執行委員會，以達到接棒的目的。總之——講得明白點，再過一個月小生就是學生會長了。趁現在博得小生的信任不會吃虧喔。」

下屆學生會長開了個玩笑，但沒有人笑得出來。

比起這個，更讓眾人——特別是一年級生議論紛紛的是……

「……小生……」「小生？」「她叫自己小生……」

第一人稱是「小生」的女生。

除了自我意識迷失方向時的結女以外，我還是第一次遇到這種人。

紅鈴理的臉緩緩地轉向一年級生，光憑這麼一個動作就讓大家停止了吵鬧。但副會長本人只是淡淡微笑，說：

「不用因為小生是女人就有所顧慮，因為那不過是染色體上的差異罷了。無論是男生、女生還是兩者皆非，都可以輕鬆找小生說話。」

真是胸懷坦蕩，不曾流露出半點自卑情結或自我意識。僅憑她那身段，就能證明她的存在實屬理所當然，不用對任何人有所顧忌。

顯然不是個泛泛之輩……我正作如此想時，身旁的結女偷偷對我說：

「（聽說紅學姊是二年級的榜首，而且遙遙領先。又聽說不光是二年級，就算把歷屆學生全算進去也是遙遙領先的第一名。）」

「（妳說歷屆……但我們學校的畢業生，不是出了一堆政治家或知名學者嗎？）」

「（還聽說光是從目前的成績來判斷，無論是東大還是京大都是A判定。）」

什麼鬼啊？簡直像個難笑的笑話。

……真正的天才，就對了吧。

要是能請到這位人士走一趟，或許我也沒必要讓伊佐奈看我寫的彆腳小說了。

「那麼，自我介紹也做過了，就立刻進入今天的議題吧。關於日前請諸位交出的攤位內容中請表——」

副會長一開始談重點，起初的那種拖拖拉拉的氣氛頓時消失無蹤。

看到她那威風凜凜的姿態，我感覺到一種遙不可及的存在……然而身旁的結女注視她那身影的眼神，看在我眼裡卻像是蘊藏著某種憧憬。

「果然重複了呢——」

回到教室，我們跟南同學分享了委員會議的內容。

我們已經跟南同學說好，當攤位內容需要與其他班級競爭時，將會請她上台做簡報……沒錯，這下就確定輪到她出場了。

Cosplay咖啡廳有五個班級要競爭。身為文化祭執行委員長兼籌備委員之一的紅鈴理副會長，宣布將以簡報的方式篩選出兩班。

這是早就料到的事，我不怎麼驚訝。但是她宣布的日期比想像中更趕，因此必須盡快整理好簡報內容。

「做簡報的時候，我只要負責念原稿就行了吧——？」

「基本上，我是打算內容由我們這邊決定……對吧？」

「或許吧。」

「雖然很麻煩，但這樣應該比較快。」

要是集班上人氣於一身的某某人，能再可靠一點就好了。

「該主打哪一點才好呢——？比方說結女超可愛！之類的——？」

「曉月同學……那樣有點……」

「再說當天她有執委的工作要做，根本沒辦法在班上待太久吧。那樣就變成不實廣告了。」

「那你來出主意啊！」

「好吧，照正常作法來想，首先是企畫給人的印象要夠強……但更重要的，大概是模擬商店能不能恰當經營吧。從籌備委員會的角度來想，最不願看到的應該是班級做事欠缺考量而出意外。」

「這倒也是……那麼，是不是該把菜單設計得單純一點？」

「這當然也有必要，但也可能被解釋成偷工減料。所以該宣傳的重點，應該是如何完善應對意外狀況。」

南同學微微歪了個頭，說：

「意外狀況？比方說呢？」

「應該很多吧，但我們沒在餐飲店工作過，能預想到的範圍有限……最有可能發生的，大概是搭訕吧？」

「嗚哇，有可能喔～雖然是邀請制，但畢竟就是放外人進來嘛……好，那就在教室裡貼滿寫著『搭訕者死！』的單子吧。」

「那樣會破壞店內的氣氛。況且對方也有可能找藉口說『我只是跟她說話，不是搭訕』。」

「找這種爛藉口的白痴，可以讓所有女生包圍他施加壓力！」

「妳要用這套說法？去說服學生會還有ＰＴＡ各位家長老師？」

「嗚啊——！麻煩死了——！」

事實上，進了模擬商店就是我們的主場。利用人數趕走惡意搭訕的人也是個辦法。問題是這個說法不見得能給籌備委員留下好印象。

嗯……湊在一起的三人就這樣陷入了苦惱。這對沒經驗的人來說果然滿難的……

「總之先模擬一下狀況怎樣？」

沒跟我們待在一起的川波小暮，忽然插嘴加入話題。

原來他一直在偷聽我們說話？不過也不是第一次了，沒什麼好驚訝的。

看著他那輕佻的臉孔，我說：

「什麼模擬狀況？」

「看看實際碰上搭訕時要怎麼應付。就算只是演戲，實際一試之下搞不好會想到什麼好點子啊。」

「嗄？搭訕是要怎麼演——」

「真是個好主意——！」

南同學興致高昂地附和。

怎麼搞的？換作是平常的話，川波說什麼她都會回嘴——

「練習是有必要的！結女，妳一定沒被搭訕過吧？只要事前先跟家人練習過，等到真的碰上就不用怕啦！」

「咦？咦？妳說的家人……」

「喔——就是啊。先拿家人當對象吧，這樣練習時比較不會緊張。對吧，伊理戶？」

川波把話題扯到我身上，結女偷瞄了我一眼。

事情似乎越來越不對勁。

我還來不及阻止這個發展，南同學已經開始用力推我。

「好啦，伊理戶同學！你試試看！不用有壓力！」

「還不用有壓力咧……」

雖說只是演戲，但我可不知道要怎麼搭訕。

正在困惑時，結女已經做好了接招的準備。她與我面對面，在膝頭上捏緊手心……受不了，這麼容易上當！事已至此，我也不能獨自發起杯葛運動。

該死……搭訕？要用什麼方式說話才對？在漫畫或輕小說當中，講到搭訕大多給人一種講話輕浮裝熟又沒禮貌的印象，但我實際在街頭看過的搭訕，好像都是正常用敬語上前攀談……

「……我要開始了喔？」

「請、請隨意。」

我緊張得亂七八糟的，開始使出腦中想像的搭訕招數。

「同學是從哪裡來的？」

「怎、怎麼說才好……」

「興趣是什麼？」

「我、我想想……」

「同學今天的穿著——」

「辦相親啊！」

南同學猛地打斷我們。

幹什麼？我不是照你們的吩咐在演戲了嗎？

「或許吧。」

「哪有這種保持曖昧距離的搭訕啦！什麼東東啊！還『同學是從哪裡來的』！現在是在面試嗎！」

「講到搭訕不是都會問『小姐住哪？』嗎？」

「不用像你這麼有禮貌！結女也是，不可以被問這點問題就傻住！」

「我、我也沒辦法啊……！曉月同學妳意見這麼多，那妳來演演看嘛──！」

「嗄──？我嗎？」

「說得也是。既然妳的獨到見解多到可以下指導棋，自己來演豈不是更快？對吧，川波？」

「要我來演男的喔──……」

那還用說嗎？你不知道什麼叫做誰提議誰先做嗎？

「真傷腦筋……拿你們沒辦法。那就示範給你們看看好了，要多學著點喔？好啦，川波！」

「是是是……」

川波先是不耐煩地回話，然後表情瞬即一變。

「欸欸，那邊那個女生！妳長得超正點的耶，能不能給我妳的聯絡方式啊？」

「嗯～這我得考慮看看～你會不會已讀不回？」

「不會不會。我都會秒回，真心不騙。」

「是嗎～？秒回是幾秒？」

「大概兩秒吧？」

「兩秒？是你說兩秒喔？你說兩秒就兩秒喔？我可是聽見了喔。真的要兩秒之內回我喔？不管是在吃飯上廁所還是洗澡都不可以超過兩秒喔？」

「咦？不是……」

「我會傳訊息傳到你回喔？隨時隨地一直傳不停傳絕對絕對絕對不會停喔？你明白吧？不會騙我吧？不會辜負我吧——？」

「——嘔噁。」

滿口花言巧語的輕浮笑容逐漸變得鐵青，最後川波用手摀住了嘴巴。

「喂，你還好嗎？」

「……去一下廁所……」

於是搭訕男……更正，川波小暮就此退場。

南同學嘛著嘴唇目送他的背影離去，說：

「根本不是真心的就不要來跟我搭訕，豬頭——！」

「……我會注意，絕對不要已讀不回……」

「這招搞不好真的有用……」

只是可能會變成另一種概念的咖啡廳就是。

「問我假如遇到搭訕會怎麼擺脫？」

放學後，我在圖書室的老地點跟伊佐奈（這個稱呼還沒叫習慣）會合，姑且問問看她的作法。

伊佐奈從書本當中抬起頭來，傻呼呼地睜圓眼睛說：

「咦？搭訕？那是什麼，可以吃嗎？」

「看來妳似乎活在一個和平的世界，我放心了。」

「玩笑就開到這裡——好吧，我應該會逃走吧。大概。」

我想也是。都能想像她手足無措地說不出話來，一溜煙地逃走的模樣了。

「就某種意味來說，這要算是最正常的應付方式了。但是在招呼客人時，又不能逃開——不，等等喔……？」

假如女生碰上找麻煩的客人，立刻換男生去應對是個不錯的方法。但是，不管怎麼樣，當下都得先用和平的方式脫身……最好的方式仍然是直接杜絕搭訕行為。

「如果是輕小說或漫畫，主角就會瀟灑地現身解圍了——遺憾的是我的人生偏偏缺了主角。」

「但我不是很喜歡那種情節。感覺好像為了吹捧主角，把世界寫得很陳腐。」

「那種事件正適合讓讀者輕鬆當一下王子公主呀。像水斗同學這種類型，的確是不太能接受那種有點方便主義的情節呢。」

「能夠讓故事高潮迭起的方便主義沒什麼不好，但搭訕事件已經演爛了，一點都不能讓故事變精彩。」

「你眼光好嚴格喔。愛情喜劇類的事件只要寫得好，就算是一用再用的老哏也還是很好看呀。那對於水斗同學來說，什麼樣的搭訕才不算陳腐呢？」

「……該不會是那套吧？實際演練看看的那種發展？」

「欸嘿嘿。好像相聲的開場白喔。」

沒想到竟然在一天之內要幹這種事兩次。

上次演得有禮貌，結果被吐槽像相親。不過也是，對方態度如果溫和有禮就無從出狀況了。以這種情況來說，照理說是那種不考慮對方困不困擾，採強迫性態度的搭訕。所以應該是……

「喂。」

「啊，是。開始了嗎？」

「妳一個人好像很閒嘛。跟我來一下。」

「咦～……我沒有很閒啊……」

「不關我的事。不准跟我頂嘴。」

「咦……竟然是唯我獨尊型……？」

「我約妳妳還敢說不？」

「那、那個……該、該怎麼說才好，呃，我現在不太方便……」

「怎麼個不方便法？說來聽聽。」

「……啊！這樣錯了！不是唯我獨尊型，變成權力騷擾的上司了！」

本來還手足無措但一臉暗爽的伊佐奈，神智忽然清醒過來。

我也收起盡可能表現出來的蠻橫態度，說：

「這還真難……」

「不會不會，水斗同學你很有天分喔！你現在換成抓住我的手腕，這樣，用力把我拉向你看看！就像愛情片預告常有的那種！快點！快點！」

「怎麼換妳當起奧客了？」

我一邊推開主動投懷送抱的伊佐奈，一邊嘆氣。

「但真正的奧客，大概沒這麼好應付吧……」

「你沒辦法徹底扮演難伺候的男客，感覺就像其實本性不壞，以我個人來說分數很高喔。」

「謝謝稱讚。」

「真正的奧客應該會講得更像性騷擾吧——比方說『妳胸部超大耶，可以摸一把嗎？』之類。」

「根本只是妳希望我這樣講吧。」

「可、可以的話我們先去你家……」

「不准擅自在腦中進行對話。」

性騷擾啊。不過也對，這的確也是事先設想過的狀況之一。

「話說回來，你怎麼會開始思考搭訕對策呢？準備跟結女同學約會嗎？」

「不是。我是在想模擬商店的狀況對策。能夠防範於未然最好。」

「嗚呃～你在考慮的問題好難喔。」

「伊佐奈。我想妳活到現在，應該對世間的很多問題都是選擇逃避……」

「怎麼認定我就是那種人啊！你又知道我的什麼了！雖然沒說錯！」

「當妳想躲掉一個不知會從何時何地出現的意外狀況，妳的第一步動作會是什麼？」

「或許吧。」

「這還用得著說嗎？」

「嗯？」

「看攻略wiki。」

「…………我不是在跟妳講電玩的事耶。」

「但我就只有在電玩裡，才有機會遭遇那種狀況啊！別小看我人生的空虛程度了！」

看來是我問錯人了。講到攻略wiki，就是玩家共同編輯分享遊戲攻略情報的網站吧？現實生活裡哪有那種——

「——……不一定……？」

似乎也不是不可能……？只要是在文化祭這個限定條件下……

「……伊佐奈。妳就像是我的救星角色。」

「怎麼覺得這好像不是稱讚！」

「為了表示謝意，就對妳做妳剛才說的那個吧。」

「咦？」

「妳過來。」

「呀嗚哇！啊嗚啊嗚啊嗚啊嗚啊啊～……！」

點子想到了。再來只須鞏固防禦即可。

『唷，伊理戶，你要的東西我弄到啦。已經拍照傳ＬＩＮＥ給你了。』

「多謝。明天還是讓我看一下東西吧。」

『可以是可以，但你要這玩意幹嘛？』

我一邊跟川波講手機，一邊檢查傳來的圖片。

照片拍的，是去年文化祭一般訪客用的邀請函，以及入場名冊。

前者的話，只要是去年參觀過文化祭的校外民眾都有一份。但後者應該是由學校管理的……雖然是我拜託他的，但真佩服他弄得到。

「一般訪客規定必須在入口服務站出示邀請函，在入場名冊上簽名。對吧，川波？」

『是啊。先聲明，要把簽在名簿上的人名全部查一遍是不可能的喔。這個圖片也是，只是正好有個學長有多餘的單子才能弄到手。』

「不用，沒關係。」

重點不是名單，是單子上方註明的注意事項。

它寫著校內發生的意外狀況概由當事人自行負責，並且校內會進行攝影以供校方宣傳或適當營運管理之用等。只要在這張單子上簽名，就表示同意這些規定。

邀請函的旁邊也有著同一段文字。不太可能到了今年才忽然改變內文。

「這下應該沒問題了……」

『你在打什麼主意啊，伊理戶？』

「沒什麼。」

我拿起看到一半的書。

「只是解決了一份麻煩的任務罷了。」

看完一本書時，時間已是深夜。

我心想該刷牙睡覺了，便離開房間。爸爸、由仁阿姨以及結女，平常的話在這個時間早已沉沉睡去。所以我本來想安安靜靜地下樓梯，不要發出聲音——

但我看到了一絲燈光。

隔壁結女的房間，門開了一條縫……室內的燈光灑落在走廊上。

我彷彿受到引誘一般，讓視線滑入門縫。

只見結女坐在書桌前。

看到她一臉嚴肅，盯著既非課本也非小說的一本書，正在把一些事情記在筆記本上。

……我立刻就會過意來了，她在收集資料。

如同我負責思考意外狀況對策，結女則是負責整理企畫內容。我們認為在菜單或店內布置加點大正時代風格的要素，能夠提升大正浪漫咖啡廳企畫的吸引力，因此決定針對當時的風俗習慣查些資料。

我知道她去圖書室挑了些可供參考的書籍。

然而……我並不知道她為了幾乎是被強迫接受的班上事務——竟然忙到這麼晚。

……乍看下像是一段佳話，但其實不是。

熬夜趕工這種作法已經過時了。不需要我舉那次體適能檢測作例子，她明明已經多次硬撐反而弄巧成拙，現在卻又想重蹈覆轍，我不會坐視不管。

我把開了一條縫的門整個推開，然後叩叩敲了兩下。

「——啊。」

結女聽到聲音，轉過來看我，說：

「……你還沒睡？」

「妳才是。」

看她一副毫無自覺的樣子，我一面暗自感到傻眼一面說：

「認真是好事，但是不要占用太多睡眠時間。妳忘了妳上次還因為這樣而昏倒過嗎？」

「或許吧。』

我已經盡可能講得酸溜溜的了，結女卻回我一絲淺淺的笑。

「你在擔心我呀？」

「妳以為是誰在負責收拾爛攤子？」

「如果能多給你添點麻煩，昏倒或許也不錯呢。」

哪有人像妳這樣搏命整人的？

結女像是被戳中了笑點，輕聲笑了笑。

「別擔心，我已經要睡了。也差不多做到一個段落了。」

「那很好。」

「你呢？意外狀況的對策，想得還順利嗎？」

「已經想好了。」

「咦？」

結女眼睛驚訝地眨個不停，我不假思索地別開目光。

「資料都湊齊了。再來就剩整理成原稿。」

「考試溫習的時候也是……真羨慕你這種個性，該結束的時候就會收手。」

「我沒那閒工夫整天跟學校的事情糾纏。」

「一般不是應該反過來嗎？」

「以我來說，這樣才叫正常。」

我的生活不是以學校為重心，閱讀時間才是我的生活重心。跟妳不同。

「是喔……好吧，事情做得快是好事。反正內容一定是些怪點子吧？真不曉得籌備委員會的那些人會有什麼反應。」

「我無所謂。」

這是真心話。

該講的都講完了，我轉身想往階梯走……但在那之前，我想起還有一件事非講不可。

「我說啊。」

「嗯？什麼事？」

「我是要說意外對策的事。如果受到好評，就說是妳想的。」

「……嗄？」

結女再次驚訝地眨眨眼睛。

但是這次，我感覺驚訝的心態不同。

是詫異——以及反感。

我雖然察覺到了，卻照樣離開結女的房間。

「你——你等一下！什麼意思啊！」

我走下兩個台階，然後轉頭豎起食指貼著嘴唇。爸爸他們在一樓睡覺。

結女急忙住口，這次壓低了音量說：

「（……什麼意思？為什麼要把你的功勞算到我——）」

「（因為我嫌麻煩。）」

只丟下這句話，我就步下了階梯。

結女怕吵醒爸爸他們，無法追過來。

所以我可以放心，溜進一片黑暗的一樓。

簡報當天，上完課之後，我與結女換上透過圓香表姊借來的衣服，伴著南同學從教室移動到視聽教室。

「哇——大獲好評呢！這下一定輕鬆過關！」

「……被捧得太過頭，反而不太有真實感……」

「真的很可愛啦！拿出自信來！不然我要生氣了！」

「為什麼要生氣啊……」

「好吧，不只結女，伊理戶同學也是，真的很搭。雖然要我誠實稱讚你讓我心情有點複雜！」

「謝啦。」

真想請她別這樣大聲嚷嚷。光是穿著袴裝在校內闊步前進就已經太引人注目了。不幸中的大幸是現在已經放學，學生不多。

……先不說我，事實上，結女穿起來的確滿好看的。從客觀角度而論，黑色長髮、文靜的面容以及纖瘦的體型，都跟和風服裝十分搭調……我覺得啦。不過班上的女同學倒也不是都像她這麼適合，所以可能有點近乎誇大廣告，然而以留下強烈印象而論應該及格了。再來就剩——

「（——南同學。）」

我裝作若無其事地對南同學耳語。「嗯？」南同學轉頭看我。

「（有件事想拜託妳。）」

「（咦？什麼事？真稀奇耶。）」

「（假如他們問到狀況對策是誰提的案，不要說是我，就說是結女。）」

「（……什麼？）」

跟結女的反應一樣。看到南同學詫異地蹙眉，我補充說明：

「（反應還不錯的時候再說就好。反應不好的時候，就怪到我頭上。）」

「或許吧。』

「（什麼意思啊？是想說我深藏不露我超強嗎？）」

「（只是不想炫耀罷了，況且那樣會更麻煩。我也已經跟結女說好了。）」

可能是有點聽到我們在說話，結女轉過來瞥我一眼。

其實並沒有說好，只是單方面跟她說過而已。結女看起來似乎心有不滿，但我就是不想公開留下自己的功勞。

「（……好吧，反正我沒差。人家問到我再講就好了吧？）」

「（嗯。麻煩妳了。）」

這樣就行了。應該可以輕鬆當個旁觀者參與簡報了。

我們來到視聽教室。

開門一看，昏暗的室內，籠罩在某種頗為異常的氣氛當中。

這是因為其他班級，也穿起了想必是當天要用的服裝在室內集合。想辦鬼屋的班級畫了殭屍妝，想辦逃脫遊戲的班級則戴著孟克畫作「吶喊」般的嚇人面具。擺明了想先用外觀留下強烈印象——看來大家所見略同。

另外四個想辦Cosplay咖啡廳的班級也都一樣。光從外觀就能看出這些競爭對手帶來了什麼樣的企畫。四個班級當中，兩個班級打扮成女僕與執事。一如我所料，這個重複了。其餘兩個班級，一個是奇幻動畫般的打扮……另一班是什麼？吸血鬼？這間咖啡廳恐怕只會賣番茄汁吧。

雖然也有班級超乎我的想像——但不成問題。

身穿華美大正浪漫服裝的結女一進入教室的瞬間，可以看出所有目光都聚集於她一身。

果不其然，這套服裝有著顯而易見的華麗魅力。能夠不分男女如此受到矚目，或許可以說在企畫選擇上抽中了正確答案。

「（……但他不知道大家看的並不只有我……）」

「（伊理戶同學一講到關於自己的事，就會變得漠不關心呢。）」

我們一邊受到眾人的矚目，一邊走向分配到的座位。

大致環顧一下，負責評審的學生會以及ＰＴＡ成員似乎都還沒來——

正這樣想時，入口的門打開了。

走在前頭的果然又是學生會副會長——紅鈴理。

她那無人能及的存在感提振了現場的嚴肅氣氛——但還不只如此。

所有人都倒抽一口氣。

紅鈴理。她那乍看之下只是個嬌小少女的身影，奪走了所有人的目光。

是Cosplay。

紅鈴理穿著軍服風的ＣＯＳ服現身了。

仿造軍服外套款式的哥德蘿莉連身裙——簡直就像專為她設計一般，穿在兼具威風凜凜的領袖魅力與女人味的她身上非常好看。

「（好可愛……）」

結女忍不住喃喃自語。我在她身旁悄悄心想「真是個強敵」。

講得明白點，她的意思就是：

——這沒什麼，諸位可得表現得比這更好才行喔？

紅副會長讓其他評審坐在最前排的座位，自己一個人站到螢幕前的講台上。

「好，諸位。」

她拿著手杖，喀地敲打了一下講台。簡直像個真正的軍人。

「文化祭是本校極為重視的教育活動之一。其目的只有一個，就是培養各位同學的能力。什麼叫做能力？答案很簡單。讓你成就自我的技術——企及理想的力量。小生認為這才能稱為一個人的能力。」

精彩的演講，在安靜的視聽教室裡迴盪。

「不用講究完美，讓小生見識你們的理想吧。讓小生知道你們追求的事物有多美好，你們又打算如何追求。只要讓小生看見你們心中描繪的理想，小生保證校方會慷慨大方地提供支援。」

臉上漾著難以想像只是個高二生的超然微笑，副會長宣布：

「——那麼把握時間，開始吧。」

「小生對這個領域不太熟悉，抱歉問個外行問題。」

簡報第一組——女僕咖啡廳的班級做完簡報後，副會長立刻拿起了麥克風。

「一樣都是女僕咖啡廳，請問你們的咖啡廳是以何種女僕作為取向？」

「咦？」

「雖然都是女僕，但從古典型到秋葉原系，種類五花八門。店內布置的解說聽起來似乎是以秋葉原系為構想，服裝卻是裙子長而裝飾較少的維多利亞式。不能否認兩種形象有點搭配不起來。感覺似乎是在意ＰＴＡ的想法才姑且把裙子改長……小生這樣說對嗎？」

遭受這番連珠炮的攻擊，簡報者支支吾吾答不上來。

「哇咧——」南同學發出呻吟。我也沒預料到這種狀況。沒想到她會問得這麼深入。

「（我、我說伊理戶同學啊……！我開始害怕了耶！不會有事吧！照原稿念就可以了對吧！）」

「（……不用怕。那種程度的問題還應付得來。）」

「或許吧。」

我雖然如此回答……但那個副會長稱得上老奸巨猾。也有可能會看穿我方預料的狀況，故意從意想不到的角度發問——

接下來兩個班級的發表，也都被副會長的連番質問打得落花流水，終於輪到我們了。

「——就像這樣，我們的概念是透過名為咖啡廳的空間，讓訪客接觸體現於現代的大正時代文化。」

開場很順利。

南同學剛才那樣驚慌呼救，上台後的態度卻十分穩重，講話速度不疾不徐，咬字清晰得堪稱模範。所有評審——除了面露可疑笑容的副會長與毫無存在感的會計以外——都在一本正經地做筆記。

我和結女在旁邊安靜當範例，看見了成功的希望。

結女熬夜準備的時代考究資料，大大提升了企畫的精確度。這在宣傳大正浪漫咖啡廳如何合乎文化祭精神時成了強力的武器。可以說這個常常弄錯努力方向的女人，難得沒有白費力氣。

與其他班級的簡報相比，我們的企畫也絕對是「最像樣的」。我站在外人角度想，都覺得應該是我們的企畫過關才合理。

只要不出任何問題，評審應該會採用我們的企畫。

對——只要不出任何問題。

而我這次負責的，就是去除所有問題。

「接下來——我想跟各位解釋一下，在經營模擬商店時如果遇到意外狀況，我們會採取的對策。」

南同學如此宣布，螢幕的幻燈片一切換的瞬間，評審的表情變了。

意外狀況對策。

因為從剛才到現在，簡報內容都沒提到這麼深入的部分。

「當天由於會有一般民眾來訪，可能會有一些人對本班正在接待客人的學生，做出失當的攀談行為。基本上來說，遇到這類入場訪客，我們會讓有過工讀經驗的人員來應對——問題在於，事前難以掌握哪些入場訪客會有這類行為。因此，我們建議採用以下的系統。」

幻燈片切換到下一張。

看到畫面的瞬間，不只是評審，連到場進行簡報的學生們都議論紛紛起來。

「也就是在文化祭期間，以雲端系統即時分享在校內引發問題的入場訪客的外觀特徵，以利各班迅速進行對應。這麼一來，在處理上就不會淪為被動，可望減少狀況的發生次數。」

這正是攻略wiki。

存心刁難的入場訪客在外觀有什麼樣的特徵、人在哪裡、怎麼做才能讓他們知難而退？只要運用現代的ＩＴ技術，以及現在人手一支的智慧手機，就能簡單又免費地建構這類資料庫。不限個人或班級，而是能夠讓全校合作對抗每一個麻煩製造者──這是我從伊佐奈的意見得到靈感，想出來的意外狀況對策。

當然，這個點子並不完美。

但是，反而應該說能夠根據這點辯論到什麼程度，將決定這場簡報的成功與否。

「以上就是我們的發表內容。有任何問題歡迎提問。」

南同學一這麼說完──果然，立刻有了反應。

正是學生會副會長，紅鈴理。

本校第一天才拿起麥克風，對台上的南同學開口道：

「全校即時分享麻煩製造者的特徵，防範狀況的發生於未然──的確是個值得讚賞的好點子。但小生認為在運用上有兩、三個疑慮。」

「請問是什麼呢？」

南同學即刻回話。不用擔心，她只要照念原稿就好。

「首先，小生擔心這麼做會影響到招呼客人的時間。這樣不是得先確認入場者是不是問題人物，才能招呼入店嗎？多了這一項工作，同時也會增加現場人員的負擔。模擬商店的員工訓練度原本就低，小生有點擔心這樣的營運要求是否太高。」

「我看一下……」

南同學一張張翻開原稿。她正在從我製作的問答集當中找答案。身旁的結女一臉緊張與擔心地觀望情況。

「……啊。這點我們已經想好對策了！」

「怎麼說？」

「稍微減少桌數，藉此降低工作人員的負擔。」

「嗯。很合理的對策，但如果入場訪客大量湧入，會造成大排長龍的狀況。這點怎麼解決？」

「我們就是要**故意**讓顧客排隊。」

「……故意？」

「讓顧客排隊，可以事前抓出需要戒備的對象。當隊伍超過一定人數時，我們會限制用餐時間，提升翻桌率。」

「也就是一舉兩得——不，一舉三得了。因為排隊會吸引更多人排隊。故意讓客人排隊

「或許吧。」

雖然有其風險在，但確實是挺大膽的提案……」

評審嘖嘖稱奇。

然而，副會長的攻勢尚未結束。

「那麼講到下一個疑慮。照這個方式，豈不是預防不了第一次發生的狀況？既然方法是標記問題製造者並提高戒備，第一次至少會有一個人代替大家受害。所以你們是願意容忍這種狀況了？」

從這點下手啊。我也可以用妥協的態度說這是情非得已，不過……

「……不。關於這點我們也有對策。」

「哦？」

「歷年來規定一般民眾入場時必須在大門服務站出示邀請函，在名冊上簽名。服務站可以事前標記被校慶氣氛沖昏頭，或是對服務人員表現出蠻橫態度等等的訪客。」

「嗯，資料查得很足。的確，校方每年都會設置服務站檢查邀請函。小生也覺得這麼做還算行得通——但照你們的標準，將會舉出大量人物作為需要注意的對象。難道你們想讓現場的學生記住這所有人的容貌與特徵嗎？資料庫的登記量也會暴增吧？」

「不，不用記住，也不用登記。」

「嗯？」

「所有人都要拍照，作為參觀本校文化祭的紀念。」

「……哦。」

副會長的眼神變得銳利，嘴角微微吊起。

簡直就像是找到了獵物。

南同學沒注意到她的神情，繼續念出我準備好的回答。

「可以在服務站替所有入場者拍照，將行為可能失當的訪客，以髮型或體格分類製作資料庫。藉由這種方式就能迅速篩選出對象。」

「也就是說，你們要欺騙還沒有任何過錯的入場民眾製作黑名單，小生這樣理解對嗎？」

「不算欺騙。」

「為什麼？」

「文化祭期間的校內原本就會拍照，以供校方的宣傳或適當營運管理之用。一般入場民眾在名冊上簽名時，也就表示同意這項規定。我們認為這麼做除了校刊或網站需要使用照片，也是藉由讓訪客對攝影機有所警覺的方式，來預防有人鬧事。我們的提案，不過是這種做法的延伸罷了。」

副會長與會計以外的評審，聽到這個答案都睜圓了眼。

「或許吧。」

我透過川波得到去年的邀請函與名冊，就是為了確認這一點。想分享一個人的外觀，最快的方法就是照片。然而擅自拍照會引發糾紛，所以我想找到一個可以當成已獲得許可的理論。

學校網站上多得是臉部完全入鏡的照片，所以我知道一定有在某個地方取得同意，但那畢竟只限宣傳用途，並不能替利用照片來維持風紀提供一個正當理由。

結果入場名冊的「適當營運管理」幾個字，幫我解決了這個問題——一看到這段文字的瞬間，我就確定這個點子最起碼在理論上可行。

「呵呵……簡直是在跟小生強辯。」

但是，道理是說得通的。

即使被副會長銳利的視線射穿，南同學依然不卑不亢。真有膽量。沒讓結女上台做簡報真是做對了。

「小生都聽懂了。原來如此，看來你們已經把缺點都解決了——但是，這並非一個班級能架構的系統，比較屬於籌備委員會的工作——校方會不會批准還不能確定。不過小生就把它當成一個提案，姑且接受吧。」

「謝謝副會長。」

這就夠了。問題不在於這套系統會不會被實際採用。重要的是讓他們知道，我們在面對狀況時想了這麼多方法。

看樣子，最大的難關已經突破了……

我輕嘆一口氣。幸好我想得夠多，都懷疑自己想太多了。因為我就是覺得照那個奇人副會長的個性，有可能連一般人不會追問的地方都會打破砂鍋問到底……

「最後小生只有一個問題要問——」

這時我才發現，副會長還沒放下麥克風。

「——這些對策是誰想出來的？」

「喔，是——」

南同學望了一眼結女，準備講出她的名字。

這就對了。這個問題我也早就料到了，所以才會先下手為強。

對我來說，多餘的光環只會煩擾到我。

我做好了藏身於陰影中的準備。藏身於即將打在結女身上的強光後面的陰影裡。對我來說，那塊陰影才是清靜之地。

南同學，即將說出結女的名字——

就在那前一刻……

「是伊理戶水斗！」

結女挺身向前大叫了。

我啞然無言，看向身旁的結女。結女輕輕推了一下我的背。

「這些——都是他想的。」

妳、妳怎麼……這女的在想什麼啊！

南同學一副「你看吧」的態度在那裡苦笑。她早就知道會變成這樣了？為什麼……？到底為什麼？明明可以把功勞往自己身上攬——

沒時間讓我否認了。

副會長的眼睛望向了我。

「是你想的？」

事已至此……只能死心了。

「……只是正好想到而已。」

「我聽過一句至理名言。」

忽然冒出這麼一句話，使我略微皺起眉頭。

「這是『瑪利歐』的生父，任天堂的宮本茂先生說過的話——他說，『所謂的好點子，必須要能夠一口氣解決複數問題。』不覺得這個定義實在是簡潔明快嗎？」

……她究竟想說什麼？

正弄不懂她的用意時，副會長接著說：

「你的提案一口氣解決了『工作人員偏低的訓練度』、『攬客方法』、『意外狀況對策』這三個問題。儘管有效與否尚須經過驗證──但這毫無疑問地是個『好點子』……你知道嗎？把英文的『idea』變成形容詞的『ideal』，意思正是『理想的』。」

……理想……

「謝謝你。你讓小生見識到了你的理想。」

說完，副會長開始鼓掌。

受到她影響，其他評審與等著上台的學生們也開始鼓掌。

所有人都──給予我掌聲。

結女與南同學手拉著手歡天喜地。是啊，高興得對。簡報等於是大獲成功，高興是當然的。

但是──但是。

這些，都打動不了我。

無論獲得多少掌聲，都絲毫無法打動我的內心。

「或許吧。」

理想，理想——理想，是吧。

妳說的，那種東西——我一點都看不見，副會長。

最後獲准辦Cosplay咖啡廳的，是我們一年七班，以及後來上台發表的另一個女僕咖啡廳。

他們班上似乎有個令人生畏的女僕宅，滔滔不絕地解說了女僕在文化史上的地位，針對女僕咖啡廳是多麼適合文化祭的攤位熱情地演講了一番。

「好耶——！」「真的太讚了！」「你們竟然贏過學長姊！」「超強！」

回教室報告結果後，同班同學都大力稱讚我們。

結女與南同學靦腆地接受，一同分享喜悅。我被副會長稱讚的事不知為何傳到了班上，「很行嘛！」「果然厲害！」等溢美之詞化為濁流，幾乎沒把我沖走。

為了共同目標團結一致，成功時手拉著手分享喜悅，慰勞功臣。

這是否就是一般俗稱的青春？

是的話——

溢美之詞的攻勢大致告一段落後，結女若無其事地靠近過來。

『或許吧。』

然後，她說了。

面帶分享小祕密的微笑。

「偶爾像這樣也不錯吧。」

這時，我想起了過去的事。

在我們關係失和的那段時期，妳試著釋出善意，我回話的方式卻像隻刺蝟。

所以——

「……**或許吧**。」

我講了一句並非發自真心的話。

我好歹也有了這點成長。

逃出校舍搖搖晃晃地來到校門時，一個女生離開背後靠著的柱子，把手舉到胸口高度輕輕揮了揮。

是東頭伊佐奈。

我怎麼不記得有跟她約好……？我一面感到不解一面走過去，伊佐奈笑嘻嘻地湊過來看我的臉。

「辛苦了，水斗同學。」

「……我沒跟妳說今天妳可以先走嗎？」

「有說呀，但我想等你……呵呵，是不是很像女朋友？」

「實在不覺得目前正試圖把我跟別的女人湊一對的傢伙該說這種話……」

會讓我覺得川波的擔憂也不見得是胡思亂想。

好吧，愛怎麼享受各種場面是她的自由。

我往前走，伊佐奈也走到我身邊。雖然完全是女朋友的距離感，但這正是我們的常態。

我們以彼此習慣的步調，走在看膩了的放學路上。

平常的話我們會順勢聊起近期的新書話題，然而……

「我聽說了喔，水斗同學。聽說你在簡報時立了大功？」

伊佐奈聊起的，卻是不同於平常的話題。

在這當下，我發現自己有一點點失望。

還以為伊佐奈對文化祭不感興趣……既然整個學校都是那種氣氛，或許想躲也躲不掉吧……

「妳聽誰說的？」

「結女同學說的！聽說你想隱藏自己的功勞，徹底當個幕後人物——？」

「或許吧。」

「……算是吧。只是沒成功。」

我試著講得自嘲點。

然而，這已經上演過無數次了。人類的社交行為，會在我這麼說的時候誘發出「不會啊」這句話。就好像只會做這種反應的機器人。

——可是……

「噗呼——！」

東頭伊佐奈卻故意笑給我看。

就跟平常一樣，一副得意忘形的態度。

「想隱藏實力卻出包（笑）。想當輕小說主角沒當成（笑）。遜掉（笑）。」

「……喂，不要太囂張喔。小心樂極生悲。」

「你才是囂張不成反出糗——嗚呀啊——！太陽穴！請不要往太陽穴猛鑽！老套！教訓人的方式好老套——！」

唉——我這人真的沒救了。

比起得到班上同學稱讚，我竟然覺得被這傢伙狂損，心情要自在得多了。

真是個無藥可救的——青春不適任者。

有種虛無叫做暑假。

我在無人的神社，獨自仰望鄉間施放的煙火。

世界正常運轉。

沒有我，或是沒有妳也一樣。

就好像——這一年都是一場空。

我看看手中的智慧手機。

手機的電波，想必輕易就能連接妳與我。

就像去年那樣，這麼做應該很簡單。

然而，我卻辦不到。

彷彿妳已經遠去，到了電波無法傳達的地方。

——但願這一切都成為虛假。

讓這一年來，讓我與妳之間的時間成為虛假。

我從來就不想知道，一切會有結束的一天。

◆　伊理戶結女　◆

各班的攤位內容已經底定，文化祭進入正式準備期間。

讓班上同學忙著布置大正浪漫咖啡廳的店面或是練習製作餐點，我與水斗在執行委員會那邊忙進忙出。

執委除了擔任各班級與籌備委員會之間的橋梁，還得準備邀請函與宣傳海報等，以及事先聯繫附近居民，總之事務內容涵蓋了文化祭相關的所有雜務。所以，儘管是靠自己努力通過的企畫，我們卻沒太多機會參與班上的準備工作。

「（——狀況怎麼樣？）」

「哇！」

我正在面對筆記型電腦專心工作時，耳邊忽然傳來澄淨清澈的嗓音，嚇得我差點從椅子上跳起來。

看到我這樣，在耳邊呢喃的人——兼任學生會副會長與執行委員長的紅鈴理學姊，促狹地低聲發笑。

「學、學姊……怎麼突然這樣……？」

「失禮了。只是不想打擾到其他人做事。」

絕對是騙人的。她是在逗我當好玩。

紅學姊雖然被譽為學校史上的頭號天才，在她的領袖魅力之下連三年級生都得聽命行事，但本人其實意外地有親和力。也許是在簡報上表現比較突出的關係，總覺得……她似乎特別喜歡找我說話。不過她對任何人都是平易近人的態度，所以也可能只是我自我意識過剩。

紅學姊彎下腰，湊過來看我正在處理工作的電腦螢幕。

「怎麼樣？測試得還順利嗎？」

「啊，還好……目前沒出現什麼明顯的程式錯誤。」

我現在正在做實驗，測試簡報時提案過的意外狀況預防系統。

我們讓幾名學生在外觀上加點特徵分散於校內，再由執行委員找出他們拍下照片，即時登錄到資料庫裡。接著再根據這種資料庫，預測學生的行動。雖然實驗內容像在玩捉迷藏，但正適合用來測試資料庫的程式有無問題，以及實際上能否發揮效果。

我並不習慣使用電腦，但因為是我們提的案，就被選為資料庫程式動作的除錯員了。水斗也坐在附近座位上默默處理同一份工作。

紅學姊看著螢幕點頭，說：

「嗯，看起來還不錯。不過系統是阿丈建立的，小生本來就沒在擔心。」

「阿丈……？」

「小生那邊的會計。別看他存在感薄弱，能力可是頗為優秀。電腦是他的拿手絕活。」

我往紅學姊轉頭望去的方向一看，只見放在白板前的長桌，一個頭髮有點自然捲、戴著土氣眼鏡的男生坐在角落默默敲鍵盤。

看到他我才想起來，那是擔任會計的羽場丈兒學長。

原來學姊都叫他「阿丈」啊。聽她這麼稱呼，我才發現兩人似乎常常走在一塊，也許感情還不錯？

「小生自認為我們感情還不錯喔。」

「咦？」

心裡的想法被看穿了！

紅學姊再度低聲發笑，說：

「妳的表情很好懂，真有意思。順便告訴妳，很遺憾的我們還不是男女關係。」

「我覺得是學姊眼光太敏銳——」

嗯？

剛才……她說「很遺憾」。又說「還不是」。

咦？不會吧？就是那種感覺嗎？

「妳猜呢？」

紅學姊臉上浮現有些可疑的笑意，闔起一眼說：「那就請妳繼續多費心了。」然後就去找其他委員了。

不是……所以答案是什麼？到底是什麼啦！

我不由得注視著學姊那與存在感成反比的纖瘦背影。如果真的是那樣，那這一對也太有意外性了，但又覺得她好像只是在開我玩笑……我不知道啦！

正被學姊弄得心神不寧時，「喂。」有人出聲叫我。

轉頭一看，水斗不知何時來的，站在我身旁。

「什……什麼事？」

「第二個分頁，不覺得輸入錯誤比別的多嗎？」

「咦……？嗯——經你這麼一說似乎是有點……會不會是輸入的人比較粗心？」

「也許ＵＩ對一些人來說不是很好懂。或許可以徹底做得更清楚一點。」

「嗯，好。我來整理資料提出報告。」

水斗點點頭，就回自己的座位去了。

……水斗還是一樣什麼都會，不過目前看起來沒有要跟其他執委交流的跡象。他都只跟我說話，硬要說的話好像只有紅學姊常去找他講話。

雖說水斗不願融入團體不是第一天的事了……但他難得在簡報得到眾人的青睞，我總覺得有點可惜。

◆ 川波小暮 ◆

「來，小小，啊──♪」

「啊姆。」

一片橘子伴隨著甜膩的聲音塞進嘴裡，我細細品嘗。

曉月拿著湯匙微微偏頭，說：

「好吃嗎？」

「嗯嗯～～～……會不會太甜了點？」

「那是個人口味問題吧！」

「除了個人口味以外還能怎麼給評啊！」

我正在試吃模擬商店準備推出的餐點。

講到大正時代的洋食好像就是咖哩、可樂餅與炸豬排，但模擬商店別說用油，連用火都有限制。因此，菜單內容主要會是把罐頭水果倒進氣泡水就完成了的水果潘趣，以及只需要把事前準備好的火腿、萵苣與炒蛋夾起來的三明治等簡單輕食。

我看著曉月做來給我的水果潘趣，說：

「光吃這個有意義嗎？上咖啡廳主要應該是喝紅茶或咖啡吧。」

「是沒錯啦，可是關於那類飲料木根開始要求細節了，我看她打算在家政教室磨一輩子的咖啡豆。」

「從豆子做起喔……該說不愧是茶道社嗎……但咖啡能算在茶裡面嗎？」

不管到哪裡都能找到講究細節的人。

我環顧一下教室。既然店鋪概念是大正浪漫，大家認為讓教室的牆壁暴露在外不夠專業，預定將會貼上咖啡館風格的壁紙。但是一樣都叫做咖啡館風格，種類可是相當豐富，木紋派與磚頭派現在正在爭論不休。

眼睛往前方看去，幾個同學正在用黑板討論座位擺放的位置。根據伊理戶同學的調查，大正時代的第一家咖啡館似乎是個文明人聚會的沙龍。他們這時在進行磨合，決定是要偏向沙龍風格，還是傾向於一般咖啡廳。

感覺很像拿教室玩「當個創世神」，氣氛還挺歡樂的。不過就跟戀愛一樣，我個人或許比較喜歡從旁觀賞而不是參一腳。

正在大口猛吃試作水果潘趣合法摸魚時，曉月「啊」地叫了一聲。

「東頭同學？」

「嗯？」

回頭一看，有個女的忽然冒出來，從教室入口露臉。

不會是別人，就是東頭伊佐奈。她轉動脖子東張西望，好像在找誰。好吧，不用想也知道在找誰啦。

我們走到東頭面前，我說：

「伊理戶不在啦。」

「你、你怎麼知道我要做什麼！」

「東頭同學來我們班上還能為了什麼啊。」

東頭稍微踮起腳尖，越過曉月的頭頂往教室裡看。

「水斗同學人在何方……你再不出現，就等著看我被文化季的氣氛壓死吧！」

「幹嘛講得這樣充滿自信啦。妳可以去幫班上準備攤位呀。」

「就是啊。妳都不用待在班上的喔？」

「哼哼……兩位以為班上會把工作分配給這樣的我嗎？」

看來講得簡單點，就是在班上無處容身，所以想來找伊理戶陪她。

我傻眼地說：

「伊理戶去做執委了。他比我們更忙，妳可別去打擾人家啊。」

「……這樣啊——……雖然很遺憾，但的確不該給他添麻煩……」

東頭垂頭喪氣，顯然一副沮喪模樣。我不禁有點可憐起她來，但是沒在班上交朋友是這傢伙自己不好。文化祭可是跟班上同學拉近距離的最好機會，她不應該選擇逃避。

「啊，對了，東頭同學，妳要不要吃水果潘趣？是模擬商店要賣的試作品。」

「咦，可以嗎……？」

「可以可以！都怪這傢伙給不了什麼好意見。」

「不難想像。」

「妳為什麼就只敢對我態度惡劣啊？」

曉月正要把東頭請進教室時，有人來了。

「……嗯？伊佐奈？」

「啊！水斗同學！」

伊理戶水斗從走廊的另一頭現身，東頭就像看到主人的狗一樣轉向他。

東頭三步併兩步跑向伊理戶，說：

「你不是要當執委嗎？」

「今天的工作結束了。本來是打算看看教室情況之後去找妳。」

「喔喔，真是太巧了。我也正好覺得在教室無處容身，待不住了呢！」

「抱歉，太晚去接妳。」

簡直都能看到尾巴搖來搖去了。她真的很黏伊理戶耶。而且自從那場教室告白事件之後，她連旁人的目光都沒在怕了。

我隨便對伊理戶舉個手，說：

「嘿。伊理戶同學呢？」

「不知道。大概還有工作要做吧。」

聽到這個興趣缺缺的回答，我心想：「嗯？」

這時，伊理戶已經把手放到東頭的肩膀上，說：

「妳沒工作要做的話，我們就一起回去吧。圖書室……也快關門了，去我家好了。」

「好啊——！我去拿書包！」

「我跟妳一起去。」

他跟東頭一起轉過身去，然後好像忽然想起來似的，轉向了我們。

「那再見了，川波、南同學。」

「好……辛苦了。」

「辛苦了——伊理戶同學。」

伊理戶點點頭，就跟東頭一起消失在喧擾的走廊人群中。

目送他們離去後，我沒多想，就跟曉月四目交接。

「總覺得……」

「嗯……」

計畫的內容是讓他們倆都加入執委，藉此拉近兩人的距離。

可是……怎麼搞的？

感覺現在，兩人的距離反而更遠了。

◆　東頭伊佐奈　◆

進了水斗同學的房間，我一屁股坐到床上，把襪子脫了就丟。

對於我這種當自己家的態度，水斗同學早就見怪不怪了。他把書包掛在衣架上，隨手拉鬆領帶。

「呼……肩膀總算能放鬆了。」

「文化祭執行委員有這麼忙喔？」

「工作內容沒什麼，就是副會長不知道為什麼很愛來煩我……應付她弄得我很累。」

「咦？副會長？學生會的嗎？」

「是啊。我想她人應該不壞，但我就是不太會應付她。」

真難得聽到水斗同學這樣說。他基本上給我的感覺，就是除了結女同學以外都沒放在眼裡。

「那真是辛苦你了呢。我沒有分配到工作閒到不行，活力滿點喔。」

「不要拿這種事自吹自擂。多少還是得找點事做，否則反而會有壓力喔。」

「就是呀……大家都在做事，讓我好有罪惡感……」

「什麼都沒做卻得穿班服，會尷尬到無法形容喔。」

「嗚哇～～～！果然還是有那個嗎？名為班服的文化～～～！還以為明星學校不用擔心那種問題的說～～～！」

「明星學校說穿了終究還是高中啦。唯一值得慶幸的是都花各班經費，所以不會收錢。」

「所以水斗同學也不太喜歡班服了？」

「這還用說嗎？誰喜歡那種活生生的同調壓力啊。」

「我懂！也不想想我連身為班上一分子的認知都很低了！」

「只有表面弄得像是一個團體又能怎樣……」

「唉。」水斗同學微微嘆氣。唔唔唔……看得出來他是真的累了。

「水斗同學，水斗同學。累了的話，要不要讓我來分你一點能量呢？」

「嗄？怎麼分啊？」

「請到這邊來。」

我把水斗同學叫到床邊，讓他轉身背對我，坐在我面前。

然後，我把手放到水斗同學的肩膀上，手指施加力道。

「幫你揉揉～」

「……還以為要幹嘛咧，原來只是要按摩啊。」

「感覺怎麼樣？」

「嗯嗯……這個嘛……」

「會不會滿腦子想著後腦杓快要碰到胸部了？」

「搞半天是問這個啊。又不是第一次了。」

「哦。你是說你已經厭倦了我的胸部？」

「這個老哏的確是已經玩膩了。」

真拿他沒辦法，要求這麼多。難道都不會想摸個一次看看嗎？跟他告白的時候，他明明還說並不是覺得我沒有魅力。

水斗同學乖乖讓我揉肩膀，我隨便找個話題跟他聊天。

「水斗同學，聽說你在文化祭要辦Cosplay咖啡廳？」

是南同學跟我說的。似乎是用簡報較勁贏得的資格。

水斗同學用放鬆的姿勢說：

「不是我，是我的班上要辦。」

「我看過照片了喔～書生裝扮實在太適合你了。」

「穿成那樣只會把我累死……」

聲音聽起來真的很累。看來是被大家吹捧得亂七八糟了吧。

「真好，你們班的攤位好像很好玩。我們班整體幹勁缺缺，很沒意思的說。」

「最沒幹勁的傢伙沒資格說吧。」

「是沒錯啦，但如果是像你們那麼可愛的Cosplay，我就會比較有興趣了～……」

「妳嗎？當著眾人的面？Cosplay？勸妳最好還是搞清楚自己的能力範圍在哪裡吧。」

「的確，要當著那麼多人的面，而且還要招呼客人，遊戲難度太高了……唔嗯。」

我試著思考了一下，自己的能力範圍在哪裡。

「……水斗同學。」

我稍稍探出上半身，從水斗同學的頭頂上方探頭看他。

水斗同學「嗯？」了一聲抬起臉來，在極近距離內與我四目交接。

「我可以現在試試看嗎？Cosplay。」

「現在？……什麼的Cosplay啊。我房間裡可沒有ＣＯＳ服喔。」

「不用不用。只要讓我借用一下衣櫃裡的東西就夠了。」

「嗄啊？衣櫃裡的東西？誰要借給妳這種變態啊。」

「我不會亂摸不該摸的東西啦！只要借我這件就好了！這件！」

說著，我輕輕扯了扯水斗同學穿在身上的襯衫。

水斗同學的神情變得更加詫異了。

「這件？……好吧，衣櫃裡是有件備用的……」

「我早就想穿穿看水斗同學的衣服了！」

「這種感覺單純出於性慾的行為很噁耶……」

「嗯？』

「才不是那樣！是男友襯衫啦，男友襯衫！很讓人嚮往的！」

如果是為了性慾，應該穿水斗同學現在身上這件才對！上面滿是體味呢！……嗚哇，連我都覺得自己好噁。

「男友襯衫是沒有衣服換的時候，不得已才在穿的吧……」

「不是啊，比方說忽然下一場大雨把我淋濕好了。在這種時候，請問水斗同學會拿什麼衣服給我換？」

「那當然是……………應該會跟結女借衣服給妳穿吧。」

「看吧！不這麼做我就沒機會了！」

我好歹也是在男生的房間進出，多少會有一絲絲期待嘛！例如天氣怪怪的時候故意不帶傘！可是仔細想想，狀況根本就不成立！我卡關了！

「事情就是這樣，所以我豁出去了，打算直接要求Cosplay。」

「還真是半點情調都不講……好吧，只穿一下的話倒是沒關係。我先離開房間，妳愛換衣服就——」

「不用，沒關係呀。你只要看旁邊就好。」

「嗄？」

把房間的主人趕出去多不好意思啊。再說，不是我要看輕自己，但我的性慾真的有點強，一旦獨處我不知道自己會做出什麼事來。

「那就失禮了……」

我暫停替水斗同學揉肩膀的服務，下了床，打開衣櫃最上面的抽屜。中獎了，裡面有一件摺得整整齊齊的制服襯衫。

我拿著它回到床上……準備動手解開自己的襯衫鈕釦。

「那麼，我要換衣服了……請不要往我這邊看喔？絕對不可以看喔？」

「抱歉讓妳這麼費心鋪哏，但我真的不會看。」

水斗同學半帶傻眼地說著，先站起來從書包裡拿出看到一半的書，然後回到床邊翻開它。一舉一動真的顯得興趣缺缺，讓我有點生氣。你這樣還算高中男生嗎？看我用女高中生的現場更衣ASMR對付你！

我讓領帶滑落領口，接著一顆顆解開襯衫的鈕扣。

……啊——嗚哇——意、意外地還滿讓人心跳加速的……在身旁就有個男生的狀況下脫衣服，竟然這麼……暑假時我明明已經差點因為睡昏頭而露出光溜溜的乳房，現在卻只是在水斗同學的視野死角露出胸罩就這麼……雖然這麼說可能有點下流……呵呵……

我從衣袖中抽出雙臂，把脫下的襯衫往旁邊一丟……啊——！水斗同學的床上！有女生脫掉亂丟的襯衫！這太色了！真的很色！

要是可以，我很想把胸罩也亂擺在一起看看，但還是作罷了……好險好險，假如水斗同學不在房間我已經動手了。差點就被水斗同學目睹到我完整裸露胸部一邊讓它們顫巍巍的，一邊替什麼也沒有的床拍照的蠢樣了。

好，再來輪到裙子了。我用手指勾住藏在皺褶裡的拉鍊——

這時，一個天才級的靈感降臨我的大腦。

我偷瞄一眼水斗同學。水斗同學真的完全不管我，自顧自地翻了一頁。也完全沒有假裝看書其實在偷聽的跡象。就算說我們不是情侶，稍微滿足一下女生的自尊心也不會怎麼樣吧？

所以，我決定……

我挪動臀部，讓裙子拉鍊靠近水斗同學的耳邊——

滋滋滋————……

「……喂。幹嘛故意靠近我？」

「欸啊？……我、我不知道你在說什麼～……」

「…………好吧，算了。」

勉強騙過去了。好像有點太故意了。

我脫掉裙子，渾身只剩下內衣褲。唔哇～喔……我有點想在水斗同學的背後擺一些色情姿勢看看，但自制心勉強贏得了勝利。要擺也得等穿著更情色的內衣褲的時候再擺。

我拿起剛才那件水斗同學的制服襯衫，讓手臂鑽進袖子。

……跟我想的一樣，袖子長了一點。嘿嘿，寬寬鬆鬆的～♪……啊！這個一定要實際說出來才行。

「嘿、嘿嘿。寬寬鬆鬆的～……♪」

「…………………」

不理我！

態度清淡無味的水斗同學雖然也很棒，但偶爾變得甜蜜膩人一點會更好喔。

我把鈕扣扣起來，扣到胸口部位時不禁猶豫起來。該扣到哪裡才好呢……連第一顆鈕扣都扣當然是大錯特錯，但是看見胸罩也不能說很好。嗯——沒有鏡子很難判斷呢。

我想拿手機代替手鏡，於是伸手去拿放在床邊的書包。正好就在水斗同學坐著的位置的旁邊——

「咦？喂！」

水斗同學忽然焦急地大叫，看向了我。

對，他往我這邊看了。

咦？等一下。

『喂？』

……我是不是自己跑到水斗同學的視野裡了？

我維持在伸手拿書包的姿勢僵住不動，戰戰兢兢地低頭看了看自己的胸口。

由於我正要拿手機的鏡頭，確認襯衫有沒有勉強遮住內衣……從第三顆鈕扣解開的縫隙，簡單款式的粉紅色胸罩露出了一點邊邊……

「啊嗚！」

我急忙拉起襯衫遮羞。

……結果這個動作，卻把衣襬往上拉了起來。

「嗚呀啊！」

我緊緊併攏大腿，守住嬌貴的內褲。

不、不得了……這套裝備的防禦力簡直跟紙一樣。除了在甘願以身相許的人面前，根本不可能有膽穿成這樣！

「妳一個人叫完了沒啊……是妳自己要穿成這樣的耶。」

「不、不是啊……因為今天，那個，內衣褲不是很可愛的款式……」

「妳亂穿可愛款式我更傷腦筋。」

我就是想讓你傷腦筋啊！

我的確是被甩了，也支持水斗同學與結女同學的感情，但這件事另當別論，能夠讓水斗

同學傷腦筋的機會是越多越好！

我再多扣一顆鈕扣，找出安全的姿勢後，重新向水斗同學問道：

「怎麼樣？」

我輕輕舉起袖子太長的雙臂，強調自己的嬌小體態。

由於衣襬的長度已經得到保障，我還讓大腿的防禦稍微鬆懈一下。

水斗同學用剛睡醒看新聞節目般的眼神看著我，說：

「還算可愛。」

「哦！我被稱讚了！」

「是怕說了妳會得意忘形才沒說，其實我向來覺得妳這傢伙還滿可愛的。」

水斗同學一邊說，眼睛一邊回到書上。

……奇怪了？發言跟行動怎麼互相矛盾？

我手腳著地爬向水斗同學，說：

「請問一下……你說的『可愛』，該不會是小貓小狗的那種『可愛』吧？」

「是又怎樣？」

「我不服氣！我要的不是這種的，是希望你更……對我想入非非那種的！」

「妳確定要這樣？」

水斗同學頭一轉，回來注視我的眼睛。

盯著不放……一瞬間都沒動，認準目標般的眼神，定睛觀察我的神情。

「不要……那個，我是說……我、我沒做好準備……」

見我忍不住別開目光往後退，「哼。」水斗同學把我當傻瓜似的笑了。

「小孬孬。」

咦？……小孬孬？

「這我更不服氣了！拿莫名其妙的理由拒絕別人的告白，還老是對投懷送抱的女生視而不見的人沒資格說我！」

「說成莫名其妙的理由很傷人耶。雖然沒說錯。」

討厭！照你這樣子，一輩子都別想跟結女同學發展關係啦！

◆伊理戶結女◆

文化祭的準備逐步進行。

隨著校慶當天即將到來，校內的非日常色彩也日漸濃厚。平時只是用來肅靜地聽課的場所，逐漸變得華麗熱鬧、鮮豔多彩的光景，彷彿也彩飾了我的心情。

今天的工作對執委而言，在某種意味上可說是最重要的工作，也就是製作入口拱門。我們在平常當成工作室的會議室裡把桌子推開，委員全體出動，替地板上攤開的大張瓦楞紙塗滿顏料。

坐在地板上做事，很快地腰就開始痛起來了。我在剛好告一段落的時候「嗯——！」伸展一下筋骨，決定去個洗手間順便當作休息。

我跟透過執委工作聊過幾句的別班女生說一聲之後，走出會議室。

校舍熱鬧到不像是已經放學。走廊上有一些當天要用的招牌靠在牆邊，教室裡許多人講話的聲音融為一體迴盪而來。其中不知道為什麼還有班級變成了卡拉ＯＫ大會。都被氣氛沖昏了頭，開始搞怪了……

我一邊從窗戶俯視一些人在中庭練舞，一邊走進鄰近的女廁。沒想到……

「嗨。」

「啊……學姊辛苦了。」

竟在洗手台附近遇到了紅鈴理學姊。

台面放著化妝包，插座插著直髮夾的電線。也許是來補妝的。

看紅學姊總是有種超群脫俗的氣質，原來有時候也跟普通女生一樣啊……我一面對這種可想而知的事情感到意外，一面走進廁間如廁。

然後我回到洗手台，看到學姊仍然待在原處。但我不覺得她化的妝需要那麼多時間……

我一面覺得有點不解，一面在她旁邊的洗手台洗手。順便再看看鏡子，發現綁起來以免妨礙做事的頭髮似乎有點鬆掉，於是打算拆掉髮圈重綁一遍。

「要不要用？」

一旁的學姊忽然把梳子拿給我。

我有點小嚇到，但旋即恢復鎮定，說：

「謝謝學姊。」

我接下梳子。

然後當我開始梳自己的頭髮時，學姊緩緩開口了：

「妳在委員會似乎待得還算適應。」

「啊，還好……我比較怕生，要謝謝大家隨和地找我說話。」

「那就好……但願另一人也能更融入團體就好了呢。」

「另一人……」

她指的是？

「……學姊是說水斗嗎？」

『喂？』

「對對對。就是妳的……呃——哥哥嗎？」

「是弟弟。」

雖然不再像之前那麼排斥，但我還是不要當那男人的妹妹……休想要我再叫他一遍「哥哥」……！我沒辦法！心臟會壞掉！

「其實小生時常找妳這位弟弟說話，想跟他增進友誼。無奈困難重重。」

「咦？請、請問妳說的增進友誼是……？」

見我不由得停止梳頭，紅學姊忍不住吃吃偷笑，說：

「當然是以下屆學生會長的身分了。像他這樣優秀的學生，是可遇而不可求的。」

「這……這樣呀。」

嚇、嚇死我了……這個人真是，每次講話都要話中有話！

「總覺得他喜歡在人際關係上構築高牆，或者應該說對他人不感興趣……儘管單論這種感覺的話，小生也覺得感同身受……」

「咦？」

「跟團隊成員的溝通交流有助於改善工作效率。結女同學，請妳一定要成為雙方之間的紐帶，幫忙把他拉進圈子。」

說完，學姊向我伸出手來。我也正好梳完了頭髮。

「妳的頭髮真美。真讓小生羨慕。」

學姊從我手中接過梳子，就拿著化妝包離開女廁了。

我目送她的背影離去，回想起剛才那番話。

對他人不感興趣——水斗的確有著這種氣質。但紅學姊明明願意積極找我這個素不相識的學妹講話，卻說跟他感同身受……？

……或許又是話中有話了。真是位難以捉摸的學姊。

把水斗拉進圈子啊……

那個男的一定會嫌煩，但是看他跟東頭同學玩在一起的模樣，也不是排斥所有交際關係。

再說——我還記得。

記得他在遠離主殿的無人神社，獨自仰望夜空的模樣。

該稱之為孤獨，抑或是孤傲？這種深深烙印在靈魂裡的姿態，並不是水斗自願求來的。

既然這樣——假如透過這次文化祭，能夠讓他稍微得到解放，我覺得也不是件壞事。

「……好。」

這一定也是身為姊姊的義務。真是，這麼需要我照顧。

「結女——！現在有空嗎——？」

拱門上色告一段落時，正好有一位學姊來找我說話。

是安田學姊。她是個身材高挑的二年級女生，個性活潑開朗，跟曉月同學有點像。學姊處事細心周到，常常隨和地找我這個學妹說話。順便一提，她只要跟對方講到十分鐘的話就會認定對方是朋友，屬於面對朋友毫不客氣直呼其名的類型。

「是，我現在有空……有什麼事嗎？」

「我要去公布欄貼海報，妳可以來幫我嗎——？我這老太婆腿腳已經不聽使喚啦。」

「呵呵，好的——」

我一邊被安田學姊故作老態的聲音逗笑，一邊猛地想起一件事。

這不正是個好機會嗎？

轉頭一看，水斗也剛好做完上色作業，想去窗邊拿隨身物品。嗚哇！那男的打算走人！

「啊——……學姊，既然這樣，是不是再帶個男生比較好？」

「是沒錯，無奈家裡的壯丁都出去幹活了——」

我急忙靠近水斗，輕拍了一下他的肩膀。

「……幹嘛？」

一張臭臉轉過來看我。這點小事我早就沒在怕了。

「事情都做好了？」

「就是做好了才準備回家啊。」

「我有事想請你幫忙。你可以再待一下吧？」

水斗望向時鐘，表現得像是在擔心時間，但我知道這只是做做樣子。他根本沒什麼事，只是想早點回家而已。

看出我沒打算作罷後，水斗立刻就放棄了。

「……好吧。反正原本排到的工作，結束得比想像中早。」

「謝謝。你過來。」

我抓住水斗的上臂，回到安田學姊那邊。

「我找到男生幫忙了。只是不好意思是個瘦皮猴。」

「哦！傳聞中的弟弟啊。我們是第一次講到話對吧？我姓安田～請多指教！」

安田學姊親暱地微笑，伸出手來。

我心頭一驚。這下糟了。這個孤僻的傢伙，不可能跟初次見面的學長姊握什麼手。得趕快設法打圓場——

「我是一年七班的伊理戶。請多指教，安田學姊。」

「嗯？』

看到出乎意料的場面，我暗自吃驚。

水斗並沒有像安田學姊一樣笑臉迎人。但至少用足夠柔和的語調自報姓名作為回應，甚至還叫了對方的名字，回應了握手要求——他可是水斗耶！

明明就連面對圓香表姊這個親戚，都幾乎是愛理不理的冷淡態度……

出乎意料的場面還沒結束。

安田學姊跟水斗用力握手的同時，忽然把臉湊向了他。

啊，侵犯領空！

水斗的個人空間半徑可是長達大約一．五公尺。這個就連在超市排隊結帳時神情都有點不悅的男人，對這種過度親密的接近不可能不起反感！

「雖然早就聽說了，但仔細一看，你長得真的很可愛耶。一定很受女生歡迎吧～？」

嗚哇啊——！不可以用這種話逗他啦，學姊！那是水斗最討厭聽到的話！

本來想說如果要把水斗拉進執委的圈子，必須找個不會因為他不愛理人就打退堂鼓的人來起頭，但沒想到學姊竟然沒講兩句話就想跟他縮短距離。這下可能會收到反效果，水斗會更不肯卸下心防——

「學姊把我說得太好了。」

水斗柔和地說著，露出淡淡的微笑。

露出淡淡的微笑。

……還給我露出淡淡的微笑？

「我嘴巴笨，連朋友都沒幾個。什麼女朋友，根本想都不敢想。」

「會嗎～？可是大家都在傳耶？說你總是跟女朋友在一起，甜蜜到不行。」

「那不過是大家在亂傳罷了，那傢伙只是我的少數幾個朋友之一。我姊就在這裡，可以幫我作證。」

竟然有說有笑的。

那個水斗竟然跟別人有說有笑，一團和氣。

這個畫面的衝擊性實在太大，當安田學姊說：「傳聞中的那個女生，真的不是女朋友嗎？結女，妳把真相偷偷告訴我！」我也只能「嗯，大概吧……」回得心不在焉。

怎麼會這樣？

難道說態度積極主動的類型，對水斗來說反而比較聊得起來嗎？仔細想想也是，東頭同學對水斗也總是既積極又主動……況且我剛認識他的時候，我好像也有盡量積極找他說話……

儘管我曾經錯把圓香表姊當成他的初戀對象，這項前科證明了我的分析完全不準，但總之他給安田學姊的第一印象堪稱無懈可擊。學姊是執委裡的開心果，得到她的歡心等於保證

「喂？』

脫離邊緣人身分。

事情這麼簡單就成功讓我覺得自己白緊張了一頓，我們拿著整捆海報走出會議室。這些海報要張貼在學校各處的公布欄。

其間，安田學姊繼續不斷找水斗說話。

「伊理戶學弟，你成績很好對吧？你都怎麼念書呀～？」

「都是臨時抱佛腳。平常我只會抄筆記。」

「臨時抱佛腳還能拿全年級第二名啊～智商差太多啦。」

一開始還只是拿公開的情報當話題聊些寬泛的內容，但漸漸地開始聊到了隱私話題。

「我問你喔！你跟結女沒有血緣關係對吧？你一開始是什麼反應？跟這麼可愛的女生變成一家人耶！」

「我嚇了一跳，因為事情來得突然。後來雙方都只能努力適應新生活，沒發生什麼曖昧的狀況。」

「真的嗎～？不過也是啦，現實生活大概也就這樣了。」

比我還會聊天。

現在是已經習慣了，但我剛開始被問到同住關係的話題時，都還不知道該怎麼回答。而這男的卻回答得很自然。

他並不是沒有溝通能力。只是無意與人交流罷了。

剛開始交往的時候，他的這種高度溝通能力幫助過我好幾次。所以仔細想想，他能跟初次認識的學長姊和氣地聊兩句，或許沒什麼好意外的。

事實上，他跟我媽媽也是從初次見面的時候起，就很談得來了……

大概是早就具備了這種能力，只要有機會就能輕鬆發揮吧。早知道是這樣，就早點幫他安排機會了。

……嗯？可是紅學姊不是說過「困難重重」嗎……？

「再右邊一點——」

「這邊嗎？」

「對對。ＯＫ了！」

像小刺般扎在腦海一隅的疑點讓我大惑不解，但海報的張貼過程很順利。

貼完兩個地方後，安田學姊過來跟我說悄悄話：

「（結女，結女。）」

「（什麼事？）」

「（妳弟弟每次都急著回家，我還以為他很難相處，結果聊過之後根本是個乖孩子嘛？現在才知道～但他為什麼總是立刻回家啊？）」

「喂？』

「（他急著回去……我想是因為剛才說到的那個女生朋友非常怕生，在進入文化祭模式的班上好像待不住……）」

「（也就是說他怕女朋友寂寞，所以去陪她？唔哇——！根本超溫柔的嘛！好感度直線上升！）」

……我都說是女生朋友，不是女朋友了。

嗚嗚……也是啦，大家都會這麼想吧……

「（那得早點放他走才行！趕快把事情做完吧！）」

「（好的……）」

不理會被自己的沒用打垮的我，水斗盯著手機螢幕瞧。

「辛苦了——！明天見——！」

張貼完海報，我們回會議室一趟拿隨身物品，跟其他執委以及安田學姊說再見。

混雜於三三五五各自散去的執委團隊之中，我湊過去看水斗的臉。

「辛苦了。你跟安田學姊好有話聊喔。都不知道我在旁邊有多緊張，怕你會忽然說出沒禮貌的話。」

水斗隨便看一眼我的臉，說：

「學姊不像某某人講話帶刺喜歡酸人，輕鬆多了。」

「……你的那種說話方式，該不會是只用在我一個人身上吧？」

「還有川波。」

對喔，說得也是……什麼嘛，害我小期待了一下。

「真可惜沒把你跟人家一團和氣地聊天的樣子拍下來。要是拿給東頭同學看，她一定會笑翻天。」

「千萬不要。她要不就是拿來笑我一輩子，要不就是自卑情結受到刺激耿耿於懷。那傢伙可是很難搞的。」

「沒你難搞吧。」

「看來妳是不知道，一個沒有溝通能力的傢伙一旦不客氣起來有多厲害。」

好啦好啦，知道了。原來同時也在講我啊。

我費了一番力氣才沒讓嘴角上揚。他雖然宣稱不是只有我最特別……但這種要分手過一次才能聊的對話，讓現在的我心情感到很自在。

「沒拍下影片還是很可惜呢。你鬧起脾氣來的樣子，比東頭同學誇張多——」

「——抱歉，可以中斷一下嗎？」

「喂？』

水斗輕輕揮一揮手機給我看。

看來是有急事。水斗會主動聯絡的人，只有——

「東頭同學？」

「嗯。因為比說好的時間晚了點——」

水斗邊說邊滑手機，放到耳邊。

被那隻手擋住，我看不見他的側臉。

所以，我當然也無法繼續開剛才的玩笑。

既然是聯絡遲到的事情……嗯，那就沒辦法了。這件事比較重要。

過了一會兒，可能是東頭同學接電話了，水斗開口說：

「**喂？——**」

我保持安靜，聽水斗跟東頭同學講手機。

只講了大約十秒鐘而已。

「喔，嗯。我很快就到。」

水斗從耳邊拿開手機，結束通話。

然後他把臉轉向我，說：

「那我走了。我先去一下別的地方再回家。」

「啊……嗯。不要太晚回來喔，現在天黑得很快……」

「嗯，我知道。」

水斗對我簡短說完，就快步逕自往前走。一定是要去圖書室吧。那個地方跟文化祭無關，能夠讓東頭同學放鬆心情。

只要先回家等一段時間，很快就能再見到水斗。

如果還有話想跟他聊，到時候再聊就好。

這我應該很清楚，可是——

「等等！」

我卻叫住了他。

水斗停下腳步，只回過頭來看我。

「怎麼了？」

「那個……就是……」

我為什麼要叫住他？

我自己也搞不清楚，只能努力找話講：

「班……班服！明天應該就會送來……！」

斜射的夕日，僅只染紅了水斗的半張臉，用黑影遮住另一半。

「是嗎？真讓人期待。」

只留下這句回答，水斗就走了。

我注視著水斗遠去的階梯，看了半晌。

很久以前就是這樣了。

自從關係惡化，變成冷戰般的狀態後，我們一直在互相嘲諷，藉機試探——已經用這種方式相處很久了。

這就是現在的我們。

我也開始喜歡起這樣的現況。

可是——不知道為什麼。

明明就跟平常一樣。

明明仍然是我喜歡的我們。

為什麼，剛才——我覺得自己與水斗之間，出現了隔閡？

♥「對不起。」

暑假結束後，我去老地方一看，妳依然在那裡等我。

這表示，一切都不是虛假。

妳與我成為了戀人，之間因為一點小事產生摩擦，以及整個暑假都沒見面——一年前的這一天，曾經那般填滿內心的感情，已經變得如此淡薄，也全都不是虛假。

——……早安，伊理戶同學。

——……嗯。早安。

如果全是虛假，該有多好。

如果全是我的妄想、幻想……不是現實……我還有可能忍受這樣的自己。

可是，妳在這裡。

對一個多月沒見的我，主動打招呼說「早安」。

妳不明白嗎？

妳不明白對我而言——沒有比這更大的絕望了嗎？

♥「對不起。」

——……呃，暑假作業……寫好了嗎？

我想這一刻，又是一個懸崖勒馬的機會。

我可以把什麼回憶都沒有的暑假，真正地從回憶中抹除。在那一刻，我們一定有機會可以恢復到從前的關係……我想應該有某些話語，能夠讓這一切化作可能。

但是，我無法選擇原諒。

我無法原諒我自己。

所以……

——嗯。閒著沒事，就寫完了。

妳略略僵了一下。

自那時起，漫長的自傷行為就開始了。

AM06：03■文化祭早晨

透過窗簾射入的晨光使我瞇起眼睛，我慢慢從床上爬起來。

這裡不是我的房間。是學校的休息室。

我連眨幾下眼睛，看看時鐘。早上六點。好久沒這麼早起了。

環顧室內，八張床上各躺著一個執委女生，發出細微的呼吸聲。這是昨天忙著最後趕工而決定留校過夜時，學長姊為了學妹們做的貼心之舉。同樣一年級卻只能用睡袋睡大通鋪的男生都在抗議就是了。

雖然還有一點時間，但我不想睡回籠覺。今天是文化祭的正式活動，是文化祭執行委員最忙碌的日子。得鼓起幹勁好好做才行。

總之先去洗把臉吧。我穿著用來代替睡衣的運動服，悄悄走出休息室。

去洗手間之前，我從走廊偷看了一下隔壁的會議室。睡睡袋的委員們，大致分成男生與女生兩邊擠著睡。會議室比教室大得多，但人口依然稠密到看了都嫌擠。像這樣男女生一起睡大通鋪，其實也讓我有點嚮往，但我怕我會緊張到睡不著……

「……奇怪。」

一方面因為昨天鬧到滿晚的，大家幾乎都還沒起來。可是只有一個睡袋，變成了空殼。記得睡在那裡的，應該是……

我一邊把這事放在心上，一邊到洗手間的洗手台洗臉。氣色還不錯。在陌生環境睡覺本

來讓我有點擔心，看來身體狀況沒問題。

回到悄然無聲的走廊上，有種不可思議的感受。再過四小時，校內想必就會變得人山人海、熱熱鬧鬧的。可是現在，卻只有我的腳步聲……

如同暴風雨前的寧靜。我忽然有點想在這片寧靜中來個探險，於是決定在校園裡四處漫步。

走在冰涼刺骨的走廊上，我探頭看看教室，或是從窗戶往外看。

來到樓梯，我沒多想就往上走。因為我本來就沒打算走出校舍，況且平常也很少去樓上區域。

我在樓梯平台轉個彎繼續上樓，就看到一扇門。

是通往頂樓的門。

記得這扇門，平常應該是關閉的。但好像哪個學長姊說過，目前因為有放下長條布幕等需求，暫時破例開放。

既然只有現在才能進去，反正機會難得……

我握住冰冷的門把一轉，門就開了。

「……………」

緊接著，奪走我視線的，既不是開闊的空間，也不是遼闊無際的青空。

而是隻身坐在高大鐵網前面，他那熟悉的身影。

「……水斗？」

穿著運動服的水斗背靠鐵網坐著不動，只把脖子轉過去俯視地面。

他聽到聲音轉回來看我，低聲說：「是妳啊……」眼睛又轉回去望向鐵網之外。

我先關上門再走向他，對他說：

「你在這裡做什麼？不冷嗎？」

「是有一點……早知道就帶外套來了。」

「……你在這裡待多久了？」

「大概來了半小時。太早醒來了……」

真稀奇，這個夜貓子……或許睡大通鋪就是沒睡好吧。

「還好嗎……？沒睡好的話，可以去睡我睡過的床……」

「妳睡過的床？」

水斗像是把我當傻瓜般冷冷一笑。

「大有長進啊，已經改掉怕羞的毛病了？」

「又、又不會怎麼樣！休息室的床是公共用品啊！……再說，如果是你，現在才來計較這個，好像也太晚了……」

「對不起。』

坦白講，我剛才那樣說完全不經大腦。竟然想讓這男的去睡我才剛睡醒的床，我到底在想什麼啊～……！

「恕我婉拒。與其讓我一個男的去睡女生正在睡覺的房間，我寧可睡睡袋。」

「這、這樣呀……說得也是。」

為了掩飾尷尬，我順著水斗的視線望去。

沒什麼特別的東西。只有目前無人的成排攤販罷了。

「……其實，我本來可以回家一趟的。」

水斗忽然自言自語般地說了。

「但總覺得過意不去……所以就來這裡休息。我一個人比較能放鬆。」

——你在這裡做什麼？

我總算反應過來，他是在回答我剛才的問題。

休息啊。的確，這個本身奉行個人主義的男人，忽然被丟進了需要過夜準備文化祭、青春洋溢的活動。也許不盡量確保一點個人時間就會靜不下心來。

既然這樣，那我也該體諒他的心情，早早離開——

——錯了！

搞清楚，這可是好機會！我得約他一起逛文化祭才行！之前我總是告訴自己，反正都會一起做執委的工作……拿這個當藉口一再拖延，但是沒有比現在更適當的狀況了。

「問……問你喔。」

我站在坐著不動的水斗旁邊，一邊頻頻偷看他的臉色，一邊說道。

「文化祭……你有跟東頭同學或其他人約好一起逛嗎？」

「沒有，沒特別約。不過那傢伙反正一定沒地方待，我打算有空的時候去陪陪她。」

很、很好……看來他們沒打算來場文化祭約會。

「既、既然這樣……我想想，到了下午！等執委的巡視工作，還有模擬商店輪班結束！……要不要，跟我一起逛？逛文化祭……！——啊，要不然乾脆找東頭同學一起好了！」

我退縮了～！

腦中閃過他拿要陪東頭同學為由拒絕我的場面，害我在最後一刻退縮了！

不、不過……好吧，也可以！總比約不到來得好！往好方面想吧！

水斗看我一眼，說：

「……也好。再說我在當執委，伊佐奈在文化祭卻什麼也沒做，可能又要沒來由地搞自卑了。有妳在或許也比較好，如果只有我們倆八成只會窩在圖書室。」

「非常容易想像……」

『對不起。』

我完全無法想像水斗與東頭同學，就兩個人一起逛文化祭模擬商店的模樣。

「那就……說好嘍？」

「嗯……」

我成功了！雖然跟想像中不太一樣，但我成功了！

一覺得放下肩膀上重擔的瞬間，我的身體打了個冷顫。好像開始有點涼意了。

「欸，是不是該回去了？你不覺得這裡比想像中冷嗎？」

「妳的確是該回去了。因為妳弱不禁風。」

「沒、沒國中時期那麼誇張啦……！不對啦，我是在問你。」

「我目前還好。不用擔心，我會在著涼之前回去的。」

「喔……」

雖然有點猶豫，但我還是留下水斗一個人，回到了校舍內。

在關門的前一刻，我看到水斗仍然無所事事，隔著鐵網俯視校園。

「喔喔——」

面對尷尬得要命的川波，我小聲鼓掌了一下。

他穿著和服搭配袴褲的書生裝扮。偏明亮的髮色與抓了點造型的髮梢都維持原樣，但意外地還不錯看。比起伊理戶同學別有一番特色，帶點吊車尾的感覺——好吧，喜歡的人就會喜歡吧？

「還不賴嘛。恭喜你不用剃光頭了。」

「我穿起來不好看妳就要給我剃光頭嗎！」

「因為不是要扮書生嗎？就是那種好像很聰明的男生不是嗎？根本跟你正好相反嘛。」

「就算剃光頭也不能改變這點啦！」

「說得也是。要是這樣就能變聰明，每次考試都會剃光頭了。」

「嗚……無法回嘴……」

我哈哈大笑，然後用手指輕輕抓住袖子往上拉，讓川波看看我的模樣。

「所以呢？我看起來怎麼樣——？」

當然，我也是袴裝配靴子的窈窕淑女。

見我賊兮兮地笑著等回答，川波給我一個白眼，說：

「不是，試穿時就看過了啊。現在還有什麼好看的……」

『對不起。』

「要你稱讚幾遍就幾遍！」

「幹嘛啊妳。擺女朋友嘴臉喔？」

「不是女朋友也得給我一直稱讚！你那張痞子臉是擺好看的嗎！」

「很遺憾，就是擺好看的啦！」

川波臭著臉歪頭，眼睛看向我的頭頂。

一如平常綁得較高的馬尾，今天做了一點變化。

「……妳綁的緞帶，是不是跟平常不一樣？」

「很可愛吧？是搭配這套衣服的和風樣式——♪」

「好像和果子的包裝袋——好痛！喂，不要踢了！不要穿靴子踢我！」

「你不准再給我！擺出一副很會哄女生的嘴臉！」

「妳才是不要千方百計想讓我把妳當女人看啦笨蛋！」

我用下段踢連踢他好幾腳，這時我的好朋友麻希從布簾隔開的店員空間露臉，喊著：

「喂——」

「那邊那對夫妻——開場時間就快到了，不要再講相聲啦，快做準備——」

「妳說誰是夫妻啊——！」

「我太傷心了。伊理戶同學是萬人迷，小月月又在表演夫妻相聲，搞到現在連奈須華都

有男朋友了。變得好像就我一個人空虛寂寞！嗚呼哀哉……」

「麻希妳不用擔心啦。妳長得又高又帥啊。」

「受女生歡迎也沒意義好嗎！」

加入籃球社的麻希個頭瘦長高挑，穿起袴裝也非常帥氣，理所當然地大獲女生的好評。

但天不從人願，像她這樣的女生常常都對同性不感興趣。

「我也好想要男朋友啊～！不曉得今天會不會有人向我搭訕？」

「就說禁止搭訕了。」

川波傻眼地說。

「真要說起來，上那種男人的當絕對沒好事啦。妳可不要過於心急，就對自己太隨便喔。」

「咦……？」

麻希睜大眼睛注視著川波，按住了自己的胸口。

……這是怎樣？

「咦？慘了，我竟然有點心動。幹嘛啦川波！搞半天結果還是跟你那張臉一樣花嘛！小心被老婆罵啊～！」

「老婆？妳看我像是已婚的樣子嗎？」

「出現啦～！假裝單身的偷吃男～！」

「………………」

我沒說話，瞪著跟麻希兩個人笑成一團的偷吃男。

……是怎樣？要你稱讚我的Cosplay好像要你的命，對麻希講話就這麼溫柔啊？哼～……這樣啊～……是喔……

「（……最好又被女生搭訕吐滿地算了。）」

我不會再幫你了。最好變成怪人嘔吐男被取笑到下輩子。

就在我把頭一扭，準備進入員工區時……

「說到搭訕，妳也要小心一點喔。」

川波忽然用較為柔和的聲調對我說了。

「畢竟妳就只有這張臉好看。而且不知道是不是心理作用，Cosplay好像把妳襯托得成熟了一點──」

「咦？你說我嗎？成熟──」

「──畢竟穿了靴子，個頭墊高了一點嘛。」

「…………」

「好痛！不要踩我腳！靴子耶！要踩爛了要踩爛了！」

踩爛最好！

AM09：45■來自大正的救世主

文化祭就這麼開始了。

我們一年三班，大家都幹勁缺缺，攞攤內容用只需要最少準備與人力就能搞定的攝影展應付了事，一心只想去把其他班級玩過一遍，享受文化祭之樂。

多虧於此，我沒做多少事也不會被責怪，但當天也就是今天，沒地方可以去玩的我除了待在自己這間毫無樂趣的教室發呆之外無事可做……結果意想不到的是，輪班顧攤閒著沒事做的兩位女生竟然湊到我面前，就像找到了好玩的玩具一樣。

「欸欸，東頭同學妳不去玩嗎？」

「咦，呃……沒有這個打算……」

「妳在等男朋友對吧——？記得伊理戶同學是執委，應該要忙著巡視什麼的，不太有時間陪妳吧？」

「啊——對喔——欸欸，東頭同學的男朋友是怎麼樣的人啊？我還沒看過他耶——」

「嗯——有點文弱書生的感覺……也有女生說他很帥，但我還是喜歡強壯一點的。」

「誰在問妳喜歡的類型啊！對不起喔，東頭同學！這傢伙就是個肌肉控！」

「竟敢這樣說我！妳還不是一樣喜歡肌肉！」

「啊……啊哈哈——……」

來人啊——！救命啊——！有兩位不知道姓啥名誰的女生，拿我當成茶餘飯後的聊天話題——！她們自己聊得開心，我卻只能陪笑臉——！

這時，也許是我發自內心的祈求傳達給上天了。

與熱鬧的走廊正好相反，門可羅雀到實質上變成休息區的我們班級，出現了一名訪客。

和服。

袴褲。

披著斗篷，戴著學生帽。

一身穿著儼然像個書生的那個人——

——正是水斗同學。

「……嗚欸……」「咿嗚……」

水斗同學讓黑色斗篷飄飛著進入教室的瞬間，聊得正起勁的兩位女同學發出冷風從縫隙鑽進室內般的哀叫，就這樣靜止不動了。

「對不起。」

我也一樣。

事情……事情，我已經聽說了。人家也拿照片，給我看過了。可、可是這個……可是這個……！

——這完成度也太高了吧——！

完全是大戶人家的長男嘛！完全是父母指定的未婚夫嘛！就是那種當我正在為了爹娘擅自議婚而心懷不滿時，還沒等到正式介紹就湊巧邂逅對方，在不知道對方正是未來夫君的情況下怦然心動，心想：「如果他是我的未婚夫該有多好……」結果竟然成真了！的那種情節！那種角色！

嚇、嚇死我了……嚇到我都變成夢女子了。

水斗同學迅速掃視教室，很快就看到了我，靜靜地快步走來……奇怪？怎麼不是夢？他真的過來我這邊了耶。啊！竟然忘了，他本來就是我的男生朋友啊！

「伊佐奈。」

「我來看看妳怎麼樣了……妳在忙嗎？」

而且從前一陣子開始，他就在用名字叫我了！

「……啊嗚啊嗚啊嗚……」「……呼嗚呼哇……」

被他那雙清澈澄明的眼睛看過來，剛才還有說有笑的兩位女生都罹患了我這種等級的溝通障礙。

看到這種場面，水斗同學微微偏頭，然後眼睛轉回來看我。

「我現在要去巡視，中午再來接妳……這套衣服是為了宣傳被逼著穿的，到時候我就要立刻脫掉。」

「「「萬萬不可！」」」

所有人異口同聲地說了。

就連剛才只會陪笑臉的我，聲音也跟她們完全一致。

看到我們忽然變得團結一致，水斗同學驚得直眨眼睛，但還是說：

「好吧，總之，我只是來看看妳好不好。看來妳沒有像我想像的那樣遇到困難，我放心了。那我走了。」

說完，水斗同學就毫不留戀地離開了教室。

不知姓啥名誰的兩位女生，出神地目送他的背影離去，說：

「……知性派或許也不錯……」

「……對呀……」

才看一眼就能扭轉女生的喜好……太可怕了，水斗同學。

「對不起。』

AM10：05■內心悸動勝過千言萬語

「妳看妳看，是大正淑女耶——」「哇！真的耶，好可愛喔！」

再次聽見這樣的聲音，我感到臉龐有點發熱。

本來以為文化祭當天到處都有人Cosplay，就算穿著袴裝配靴子走在走廊上也不會太顯眼，看來是我太天真了。更何況本來就是因為吸睛才挑中這套服裝的。

「真是……！這樣的話還不如在店裡招呼客人比較好……」

「做不來的事情就不用提了。」

「你怎……！誰、誰說我做不來了！不過就是招呼客人嘛！」

我對一身書生打扮的水斗提出抗議。忽然講話刺人，竟然還一臉不在乎！

披著斗篷的水斗，背上掛著大書「1年7班　大正浪漫咖啡廳！」的廣告牌。我們去做執行委員的巡視工作之前去了一趟教室，結果被曉月同學掛上了這塊牌子。坦白講這比服裝更讓人難為情，所以我跟水斗定時輪流掛。

「等我輪班時你給我看清楚了。我這個人只要有心就辦得到！」

「我知道。我每晚都聽到妳在練習。」

「噫嗚……！你、你怎麼可以偷聽……！」

「誰教妳聲音那麼大。」

由此可見，同住一個屋簷下也不見得都是好事。像是情人節的時候該怎麼辦？我要在哪裡做巧克力？

文化祭期間，執委最花時間的工作，就是巡視校內。看到突發狀況要解決，看到小孩迷路要帶路，連怕生的閒工夫都沒有。

之所以允許讓東頭同學跟我們一起逛文化祭，原因就是這個巡視工作。因為這實質上不就等於約會了嗎！據學長姊所說，似乎也有人在一起當執委之後開始交往。

我看看手錶，說：

「啊……我、我跟你說，差不多該過去了。」

「嗯？……喔，妳說檢查鬼屋啊。」

「對！遲到會給人家造成困擾的！對不對！」

對攤位進行安全檢查，也是文化祭執行委員的工作。

沒錯，因為鬼屋內部光線昏暗，容易出意外，所以執行委員必須先進去做安全確認。

這是工作，絕非出於我的私人欲望。是出於義務！是迫不得已！才會就我跟水斗兩個人進鬼屋……！

「對不起。」

「啊，他們好像來了喔？」「你們是執委嗎——？」「哇！衣服好好看喔——！」

到了我們負責的班級，幾名負責坐櫃台的同學，在改頭換面變得鬼氣森森的教室前面等我們。

這個班級似乎就差一點沒能及時布置完成，所以我們要等到文化祭開始後過了一小段時間才能來檢查……但不愧是用盡最後一分一秒精心打造，光用看的就知道做得很精緻……

沒理會開始有點害怕的我，水斗拿出公事公辦的客氣態度跟對方說：

「方便讓我們檢查一下嗎？」

「請進請進——！」「請兩位一起進去——！」「走路小心，順著路線走就行了！」

「……順便講一下，裡面非常陰暗，就算兩個人黏得緊一點也不會被發現喔！」

嗚哇！還講話慫恿我們！原來這間鬼屋，是專為情侶設計的……！

「……走吧。」

留下一段難以判斷有何含意的空白後，水斗伸手準備掀開擋住入口的黑色布簾。

「等、等等我……！」

我急忙追上去，穿過布簾。

裡面真的很暗，簡直不像是大白天。就好像進了洞窟一樣。只是，遠處有一盞引路般的燈光，散發人魂般的朦朧幽光……那是什麼的燈光？是怎麼做的？

「路線倒是做得很好懂……」

水斗進入工作模式，冷靜地做檢查。有點忘了，這男的好像不怕鬼？唉——真是，可惜交往的時候沒跟他去玩玩看鬼屋！

我靜靜地做個深呼吸，下定決心之後開口說：

「……欸……我，可以……牽你的手嗎……？」

「嗄？為什麼？」

我才想問「為什麼」好嗎！枉費我講得這麼可愛，你怎麼是這種反應啦！

我不屈不撓地繼續進攻。

「你看嘛，這裡這麼暗，我們又穿著袴裝，要是摔倒撞壞東西不是會給人家造成困擾嗎？考慮到彼此都有可能出狀況，所以……好嘛。」

「……好吧，也好。我知道了。」

一聽到這句話，我立即讓手滑進水斗的手心，與它十指交扣。

他的手纖細瘦弱，但有一絲絲粗硬，的確是男生的手……比起國中時期，好像大了一點。

發現我若無其事地握成情侶握法，水斗略瞥了我一眼。但我佯裝成無心之舉。我可沒想那麼多喔？是你自我意識過剩了吧？看到我這樣，他的視線飛快逃向了一旁。呵呵呵。

『「對不起。」』

1年7

就這樣，鬼屋約會開始了。

滴答……我們聽著不知從何處傳來的水聲，走在幽暗的窄道上。這時——從那盞本來以為是引路用的燈光，出現了第一個刺客。

「噫啊！」

我沒耍心機，真的只是出於自然反應，忍不住抓住了水斗的手臂。

因為一個顯然不屬於人類、奇形怪狀的身影，閃現於光源黯淡的布簾上。

我本來以為講到鬼屋，就是一隻毫無血色的手「啪——！」猛地從紙門冒出來那樣，所以看到周圍空無一物就以為安全了。沒想到這麼快就被趁虛而入。

「……喂……」

就在我因為嚇到以及少許的不甘心而僵住不動時，耳邊聽見了微微顫抖的低喃。

「妳要黏在我身上多久啊……」

「啊……對、對不……」

不，慢著。就是因為我總是在這種時候退縮，才會永遠是個小孬孬。遇到這種絕佳場面，不乘勢追擊怎麼行呢！

「可……可以再讓我靠著你一下嗎……？那個……我會怕……」

「…………平常整天狂嗑分屍案小說的傢伙還來這套？」

「對不起。」

「推、推理跟驚悚是完全不同的類別吧！」

我倔強起來，把水斗的手臂摟得更緊。過了三秒——我才終於發現，我把我的胸部整個按在他的手臂上，無奈我已經被斷了退路。嗚啊啊啊嗚嗚……雖然很難為情，但現在逃開就會被他發現我在硬撐……

——怦咚……怦咚……怦咚——

心跳加快了。這個聲響，是否從手臂傳達給你了？你能理解這是因為我跟你手挽著手嗎？或者，你會以為我只是被鬼屋嚇壞了？

「…………我們快走吧。路線應該不會太長。」

水斗沒讓我知道答案，就拉著我往前走。

之後，精心設計的嚇人陷阱繼續層出不窮。鬼怪突然蹦出來只不過是個開始，一下子是在不知不覺間有人尾隨身後，一下子又是「啪噠啪噠啪噠！」地只聽到好大的腳步聲跑過，變化多端的機關真的太可怕，使我早就失去了誘惑水斗的心情。

就在覺得應該快要走完了的時候，前方出現了一扇門。

是教室的拉門。走出那扇門就離開鬼屋了。

豈料——這個給人希望的出口，卻貼了這麼一張紙，遮住了門上的小窗：

『兩人的真愛將會擊敗怪物，解開門扉的詛咒。你們必須相吻。若是辦不到的話相擁也可。』

「…………」

「…………」

這什麼啦！

意思是說不接吻就出不去嗎！哪有這種鬼屋啦！

其實我原本就有不祥的預感了——……因為我們要進來的時候，大家不知怎地都在邪笑……

我偷偷對水斗耳語：

「（怎、怎麼辦……？）」

「（哪有可能照辦啊？既然拿接吻當條件，就表示一定有人在偷看好嗎？）」

對、對喔。說得也是。仔細想一想，水斗跟東頭同學在交往已經成了一般認知，我現在要是跟他接吻，就算只是做做樣子還是有可能走漏風聲，造成大家誤會水斗腳踏兩條船……

「那就……沒辦法了。嗯，出不去就糟糕了嘛！」

我講得大聲一點，先聲明自己是逼不得已才這麼做的。然後——

——抱緊。

我從正面抱住水斗。

「對不起。』

紙上有寫辦不到的話擁抱也行。我沒辦法吻他，所以只能這麼做。別無選擇，對吧？

「喂！妳——」

「好了啦，快點。我們必須互相擁抱才行，所以……你也要。」

「…………天殺的……」

我笑了一下。我第一次看到有人認真說出「天殺的」這種字眼——

——抱緊。

雙臂從肩膀兩側包覆到背後，我依偎在水斗的臂彎裡。全身感覺到水斗的體溫，胸中充滿一種溫暖的幸福心情。既像興奮，又像安心……啊，也許自從分手以來，我還是第一次被這樣擁抱——

——撲通，撲通，撲通——

貼合的胸口，傳來節拍與我稍有不同的心跳。而且，心跳隨著時間一點一點慢慢加快，我想一定不是我的心理作用。

我不禁小聲噗哧一笑。

然後，我無法阻止急速膨脹的調皮心情。

我輕輕讓我倆的臉頰相貼，嘴唇湊近水斗的耳朵：

「（好久沒有這樣了呢。舒服嗎？）」

——怦咚！心跳聲漏了一拍。

不管臉部表情如何老神在在，心臟不會撒謊。最近都只有看到他冷靜處理執委工作的模樣，使得這紊亂的心跳顯得更加可愛。

但是，美好的時間沒能維持多久，喀的一聲，門鎖打開的聲音響起。

霎時間，水斗迅速把我推開。我想湊過去看他的臉，但燈光太暗外加他立刻就把臉別開，我沒能看個清楚。

不過嘛……我的表情大概也不能見人，所以沒被看見倒是好事。

啊～！剛才那句話是怎麼蹦出來的啦！怎麼聽起來好像有點情色！

「辛苦了——！」

當我們開門來到光線明亮的走廊上時，彼此都不太敢正視對方，氣氛變得微妙尷尬。

「怎麼樣！我們的鬼屋好玩嗎！」「做得很棒對吧！這下一定會變成情侶聖地！」

面對連聲自誇班級攤位內容的她們，我身為文化祭執行委員，不能不做出判決。

「……基本上沒問題，但是最後那張告示會擾亂風紀，請拿掉。」

「「「怎麼這樣～！」」」

幾個女生心有不滿地哀叫，但其他男生都一臉「想也知道」的表情。嗯，這是當然的了。

告別鬼屋班級，我與水斗往前走，準備繼續巡視。

走了一會兒，至今保持沉默的水斗忽然間低聲說：

「……剛才那個……」

「咦？」

「剛才那個……是因為那個鬼屋做得意外地用心，我被嚇到了而已。」

……你的心跳加快，是因為抱住我的關係吧？

我沒說這種不知趣的話，而是說：

「你害怕但是沒說出來？為了我？」

「哪是啊！我只是嚇了一跳——」

「原來你剛才是努力故作勇敢呀？真可愛～！」

「不是……哎喲，煩耶！」

真的，你就只有心臟不撒謊呢。

AM10：56■只對妳還不夠嗎？

在鬼屋出了微不足道（真的微不足道）的小糗之後，我一路隨口應付得寸進尺的結女，兩個人一起繼續巡視。

如果能消除三大欲望中的一個，我一直都想消除睡欲。因為我想把睡眠時間用來看書或是做別的事。然而現在，我更想消除性欲。竟然會因為那點程度的接觸就心慌意亂……又不是第一次，真是一輩子的恥辱。

我走在文化祭的喧囂中，意識卻飄遊到另一件事上。

不曉得伊佐奈是否正閒得發慌。剛才去看她的時候，班上女生找她講話似乎讓她相當為難——不過也罷，那傢伙是一個人殺時間的專家，大概用不著我來擔心，但是能盡快去接她更好。

「……！」

我正要拿出手機看時間時，結女的腳步停頓了一下……剛才，她的表情是不是忍痛般地歪扭了一瞬間？

「怎麼了？」

「嗚……沒什麼。只是有點絆到……」

看見她那種空洞的笑法，我對她的了解可沒有淺到會把她的話照單全收。

我低頭看看結女穿著靴子的腳，想了一下。

「……鞋子磨到腳嗎？」

「咦？你、你怎麼——」

「穿新鞋子走了足足一小時，當然有這個可能了。」

其實一開始就該想到了。但我實在沒想到那麼多……

「保健室……不，可能有點遠。」

「我、我沒事啦！」

「少囉嗦。總之先讓我看看，我會做確認。附近應該有空教室，走吧。」

我抓住結女的手腕，拉著她的手臂走。結女也沒做多大抵抗就跟著我走。

空教室門口的走廊，冷清得像是被人遺忘的死角。整棟校舍籠罩在這麼多的喧鬧聲中，這一區卻安靜到只聽得見自己的腳步聲。

我打開門往裡面看看，沒看到人。聽說往年有些學生會聚集在這種空教室偷懶不參加文化祭，但這間教室似乎是真的空著。

「裡面沒人。這樣正好，妳在那張椅子坐一下。」

「我只是時不時會痛一下而已耶……」

「會痛就是有問題。妳要是變得走不動，工作就會落到我頭上喔。」

「……你在擔心你自己？」

「不行嗎？」

「……沒有不行啊……」

我讓結女坐在椅子上，蹲在她面前，問她：「哪一隻腳？」結女回答：「右腳……」於是我解開右腳靴子的鞋帶。

我幫她脫掉靴子，再來是襪子。看我用手指勾住襪子鬆緊帶，結女焦急地說：「等、等一下……！」但我在伊佐奈的訓練下，替女生穿脫襪子早已變成家常便飯。更何況這女的也曾經讓我幫她穿過膝上襪。現在才來裝純情也沒用。

我讓襪子從她的肌膚滑落，露出白皙的腿。當我輕輕將手放在她的腳底做支撐時，「嗯嗚……」結女發出了像是怕癢的聲音。

「……內側的踝骨與拇趾的根部附近有點發紅……目前看起來還不嚴重。」

「就、就說了吧？我沒事的。」

「我是說目前。等一下還要去班上輪班。照妳的個性，就算在做事時被鞋子磨破皮也一定會忍住不說。」

「……嗯………」

結女有些羞赧地住了口。

既然已經像這樣發紅，最好做點處理。最好的方式是換穿習慣的鞋子，但現在手邊沒有

「對不起。」

那種鞋子……

「……啊，有了。」

我想起身上帶的東西，在袴褲的口袋裡翻找一下，把它拿出來。

結女微微挑眉，說：

「……ＯＫ繃？你還有帶這種東西呀？」

「只是備用，以免有兒童訪客摔倒什麼的。總之先把這個貼上，多少會舒服一點。」

我把ＯＫ繃一塊塊貼上，蓋住發紅的部位。

結女低頭看我弄，喃喃自語般地說了：

「沒想到你……還滿會替別人著想的。」

「……沒妳說的那麼好。我只是怕看到小孩子哭，才會第一個考慮因應措施。」

「你其實很溫柔體貼的……可是，說不定只有我與東頭同學知道喔。」

貼完ＯＫ繃，我注視著結女赤裸的腳，拿起襪子。

「就算是妳說的那樣好了……那又有哪裡不好？」

「如果大家都知道，或許可以增進你跟大家的感情呀。你知道嗎？其他執委都以為你很難相處呢。」

「沒辦法，這是事實。」

我沒抬頭，沒看結女的臉，替她的腳套上靴子。

「被認為好相處只會更麻煩。跟別人說話會讓我很累。」

「跟我說話也是嗎？」

「特別累。」

「好歹都是一家人，講話別這麼狠嘛。」

結女講是這樣講，卻輕輕一笑。

……但我就是不需要。

我是不需要「大家」的那種人。

跟妳不同……差距大到無可補救。

替結女綁好靴子鞋帶，我站了起來。她也從椅子上站起來。

「怎麼樣？」

結女看著貼了ＯＫ繃的右腳，在桌子之間走了幾圈。

「……嗯，好像沒事了。不痛了。」

「不要硬撐。我懶得再幫妳看一遍。」

「對人家好的時候嘴巴誠實點啦。」

結女好像覺得很有趣，輕輕笑了笑，說：

「謝謝。」

我生病時結女照顧我的那幕景象，重回腦海。

由仁阿姨要求過我，說要道謝就該跟本人說。可是——我到現在都還沒能對她說出那句話。

不像妳，這麼容易就能說出口。

「…………嗯。」

我簡短回答後，往教室的門口走去。

從這個喉嚨裡溢出的，盡是空泛的虛無。

AM11：06■天才過頭的同班同學不知為何想讓我告別童貞

——嘰……

我與水斗一同走出空教室，正要離開的那一刻，背後傳來物體擠壓般的聲響。

「（等、等一下！）」

「嗯？」

我壓低聲音但急促地叫住水斗，然後悄悄轉頭望向才剛走出來的空教室。

「（剛才教室裡……是不是有人？）」

「嗄……？」

水斗詫異地皺眉的瞬間，又聽到嘰的一聲。

我們面面相覷。

然後，我們偷偷摸摸躡手躡腳，靠近才剛剛自己關上的門，從門上小窗往裡面看。

然後——目擊到那一幕。

「——哎呀，哈哈哈。還真是驚險萬分呢。」

「……拜託別這樣整人好嗎，紅同學……」

目擊到一對男女，從講桌底下爬出來的那個瞬間。

「「…………！」」

他們躲在那裡？

一直，躲在講桌下……當我把腳伸給水斗，讓他摸來摸去的時候？

而且那對男女，我對他們的長相再熟悉不過了。

女生是以左右非對稱髮型為特徵的紅鈴理副會長。

男生是總是與她形影不離，自然捲戴眼鏡的羽場丈兒會計。

他們兩個……當我們待在教室裡的時候……一直都在講桌下的窄小空間，身體交纏……？

「（咦？咦？什麼意思？他們兩個為什麼要躲起來……？）」

「（那當然……是因為怕被看到吧……？）」

咦？也就是說他們剛才在做被看到會很糟糕的事情？就他們一男一女？在沒有別人的空教室……？

紅學姊啪啪拍拍裙子的臀部位置，坐到窗邊的桌子上，悠然翹起二郎腿。

學姊整個人體格嬌小，胸圍也算比較小，但身體線條非常有女人味。換言之……好吧，換個說法的話……或許，可以說是安產型吧。穿著短裙卻翹起意外帶點肉感的大腿，讓人眼睛不知該看哪裡才好。事實上，羽場學長也不露痕跡地把臉別向一旁，我則是抓住水斗的臉讓他往旁邊看。

像是故意要刺激羽場學長一樣，紅學姊毫無防備地把雙手撐在背後。

「好了，阿丈。既然你也吸飽了小生的體味，那就來繼續吧？」

「我沒有吸，也不會繼續。」

羽場學長明明白白地說了。我可能還是第一次看到他說這麼多話……話又說回來，繼續什麼……？是什麼的後續？

紅學姊吃吃地笑。

「說謊是不對的喔？你沒站穩把臉撞進我的胸口時，鼻孔明明就張大了個兩公釐不是嗎？真是抱歉，要是能預料到剛才那狀況，小生就會事前把胸罩脫掉了。」

「超級不需要妳雞婆……勾引我這種人有什麼好玩的？」

「這問題真難理解。勾引看上的男人怎麼可能不好玩？」

看上……！她說看上！她剛才說了，對吧！

紅學姊帶著挑逗意味輕扯緞帶。

「還是說，小生的處女之身不值得換你的童貞？」

童——！

「（……喂，繼續看下去會不會不太好？）」

「（再，再一下！再一下就好！）」

羽場學長背對著我們這邊，幾乎看不見他的臉，只能勉強看出他的耳朵一片通紅。

「……我已經說過好幾遍了，是我不值得妳這麼做。我不知道妳哪來的興致，總之我這種小角色是配不上紅同學的。」

「竟然把別人的初戀說成興致，真不給面子。小生已經說過無數次，你沒有你自以為的那麼渺小。就連小生都這麼欣賞你了，還不夠嗎？」

「容我重申一遍，我只是稍微擅長玩機器而已，沒有其他任何強項——」

「每個人心中，都有個理想中的自己。」

突如其來地，紅學姊如此告訴他。

不可思議的是，那句話具有極強的力道，即使隔了一段距離仍深入我的耳膜。

「無論當事人有沒有自覺。小生認為一個人的美麗，就蘊藏在尊崇這份理想的態度當中。阿丈，理想中的你十分美麗，所以你才會認為現實中的自己微不足道。你是因為尊崇自己的理想，才會過度貶低自己的現實。而我想告訴你的，就是你的這種態度最美。」

羽場學長陷入沉默，我身旁的水斗也憋住了呼吸。

理想中的，自己……

我也有那種理想。所以我才會把頭髮留長，所以我才會改掉怕生的毛病，所以我才會努力交朋友——所以，我才會向他告白。

不知道水斗，是否也有這樣的理想。

念國中的時候，我把他看做是無所不能的英雄。這個如今仍然好像什麼都會，彷彿一點也不需要別人幫助的他——是否也有個想企及的理想，以及無法企及的現實？

「……就算是這樣好了。」

羽場學長擠出平時很少發出，但堅定有力的聲音。

「但理想中的我，絕不是那種會輸給腦袋聰明卻沒水準的同班同學笨拙的色誘，大家都在忙著做事的時候卻當起四腳獸的傢伙。」

「……原來如此。」

紅學姊重新綁好扯鬆的緞帶，毫不留戀地從桌上下來。

「小生看參考資料上說，趁大家工作時耽溺於肉慾會讓人特別來勁，看來這招不管用。」

「請妳立刻把那個參考資料丟掉。」

「真傷腦筋。好吧，小生另外思考別的場面就是了。看上理想崇高的男人可真辛苦。」

「但願妳能早日發現被怪女人看中才叫做辛苦。」

啊，糟糕，他們要過來這邊了！

我們一面憋住氣息一面離開現場。等拉開足夠的距離，藏身在文化祭的喧囂之中，我們才終於喘一口氣。

「嚇死我了……之前就覺得那兩個人總是在一起，原來還真的是那種關係啊……」

「我倒覺得好像不能一句話用『那種關係』就解釋清楚……」

的確。該說不愧是紅學姊嗎？連談戀愛都特立獨行……或者應該說，好像多多少少有點耍笨。

「……我同情羽場學長。」

水斗低聲冒出了這句話。

「咦？為什麼？雖然紅學姊這人的確有點怪，但還是很可愛又迷人啊。」

「重點就在於太迷人也讓人傷腦筋。」

說完，水斗就快步向前走。

意思是說她太讓人高攀不起嗎？雖說那兩人的存在感的確天差地別，學長本人也是這麼說的……

……但我覺得那些事情都不重要呀。

就像以前的我，都能跟我自認為配不上的你成為情侶了。

AM11：34■他受歡迎雖然是好事但還是讓我吃醋

「啊……！來了來了！」

我在教室前面等了一下，總算看到結女跟伊理戶同學從人群中出現。

看到我忙不迭地招手，兩人一邊看著後面那扇門——顧客用的入口那邊，一邊跑向我。

「對不起，有點遲到了……欸，怎麼會有這麼多人排隊？」

「隊伍好像都穿過隔壁班的前面了……？」

「真的就是這樣——！排隊人潮比想像中還多……我們限制了用餐時間，還緊急增加座位，但還是趕不上——」

幸好隔壁班沒用教室擺攤。否則現在兩邊的隊伍已經混在一起，變得亂七八糟了。

「怎、怎麼會這麼受歡迎……？」

「好像是風評太好了。木根沖的咖啡好喝到不是文化祭的水準——再來就是某兩位到處走動的同學大受好評，網路瘋傳中。」

我輕輕搖晃手機給他們看，「怎、怎麼會——……」結女發出既有些困惑又竊喜的呻吟。但伊理戶同學就不開心了，皺著眉頭。

「總之快來幫忙！人手嚴重不足！」

「我、我們這就來！」

結女拉著伊理戶同學的手，把他帶進教室。結果……

「啊，是剛才那兩人……！」「唔哇～！果然好看到掉渣～～～！」

店內霎時掀起一陣騷動，讓結女眼睛眨個不停。

呵呵呵，結女對自己的評價果然太低了。藉此有點自覺吧～快發現自己是超級無敵美

少女吧～

然後，應該說很合理吧，注目焦點並不只有結女一個人。

看到穿著書生裝扮的伊理戶同學，占據店內七成以上座位的女性顧客，都在悄悄交頭接耳或是發出小聲歡呼，甚至還有人說不出話來，摀住嘴巴簌簌發抖。

至於伊理戶同學本人，則是一臉無動於衷的表情無視於這些反應。雖說伊理戶同學如果知道自己有多行也很惹人厭，但假裝不知道卻也讓我心裡不太痛快。

走進用布簾隔出的員工區，我發現結女似乎還沒跟上狀況。

「呃……那個，沒想到會來這麼多女性顧客呢。」

「對啊對啊，因為主要都是女生在推廣。多虧於此，店裡變成了女多於男的空間，之前擔心過的搭訕問題目前一次也沒發生──」

再說入場本來就是採邀請制，那套系統分享的資訊目前也沒想像中多。就結果來說可能會以伊理戶同學的杞人憂天收場。

「──你總算來啦，伊理戶……！」

幾個男生一邊發出哀怨的聲音，一邊走進員工區裡來。他們都跟伊理戶同學一樣穿書生服裝，擔任外場員工。

「那些被你吸引過來的女生，看到我們都在竊竊私語……！說什麼『怎麼感覺扮得不太像？』『剛才那個男生比較帥』……！」

「還需要她們來講嗎！普通的高中男生本來就變不了書生啦！」

「你要負責！用你的存在感沖淡我們的身影！免得我們的心靈受到更多傷害！」

真可悲……

看來由於不能像我們女生用華麗色彩掩飾缺點，男生那邊相當難熬。本來應該只有熟人會來開些只有朋友之間知道的玩笑，大家開心就好，要怪就得怪伊理戶姊弟這個活廣告太優秀，反而造成一些生客都來光顧。

當幾個男生對伊理戶同學苦苦相逼時，靠著適度幽默的輕佻態度逐漸獲得人氣的川波賊笑著說：

「客人都在心裡怦怦跳地等你出現哩。快去給點粉絲福利吧，伊理戶。」

「……唉……」

伊理戶同學憂鬱地嘆氣。

就連嘆個氣都很有型，的確夠奸詐的。

「知道了啦。不過我只會照工作守則招呼客人喔。」

「這樣就夠了。讓你出馬就輕鬆搞定啦。」

川波讓路給伊理戶同學。

我也推了推結女的背，說：

「結女也快去！放心，就算犯錯也有我罩妳！」

「我、我會加油……！」

我們把神色緊張的結女，以及深深壓低學生帽的伊理戶同學，一起推到了外場。

霎時之間……

「這邊這邊這邊——！」「我要點餐——！」「我要續杯——！」

全場客人一齊舉起手來。

哇喔～這絕對都是在故意鬧他們。

面對瞬間超出處理極限的點餐風暴，結女慌得手足無措。

「這、這、這該怎麼辦……！」

「從比較近的座位開始，選近的！其他的我們會招呼！來，這是點菜單！」

我把點菜單拿給結女，把她送往附近的座位。那一桌是年輕女客三人組。本來以為會比男生或成年客人好招呼，沒想到……

「哇——！近看還是一樣漂亮！」「妳頭髮是怎麼弄的啊！保養做得超專業！」「欸，可以讓我拍照嗎！我想上傳到限時動態！」

「咦，啊，呃，那個……」

「好了好了——！幾位客人——！請快點點餐——！拍立得照片一張十萬圓——！」

看到女生特有的飽和攻擊讓結女當場無法招架，我伸出援手。幾個女生說「太貴了吧！」「不肖商人！」「老闆打折——！」笑得非常開心。這不是真的在開店，所以招呼客人像這樣隨便一點反而剛好。

「曉、曉月同學，謝謝妳～……！」

「不客氣。反正又不是真的在店裡打工，放輕鬆！我會再罩妳一下子！」

「嗚嗚，我真不中用……」

個性好認真喔。就是這種地方可愛！

至於伊理戶同學那邊，則是——

「昂列咖啡一份，冰紅茶無糖一份，以上餐點正確嗎？」

「正、正確……」「請、請問，是否可以拍照或是……」

「非常抱歉，本店謝絕拍照……」

他為難地露出靦腆笑容這麼說，「啊嗚……！」「不、不會，沒關係……」讓女生顧客一一陣亡。

真意外。還以為他一定會面無表情機械化地招呼客人，沒想到這麼會擺營業用笑容。

「伊理戶同學只要有心，就辦得到耶。反而讓我不懂平常那種冷漠態度是什麼意思。」

「對不起。」

「他好像只要是公事，就會發動社交技術。做執委的時候也大多都是那種感覺……」

「……妳怎麼了？」

我無意間看看結女的臉，發現她嘴角微微上揚卻又噘著嘴唇，表情十分複雜。

結女害羞地用點菜單遮住嘴巴，說：

「……我很高興別人懂得欣賞水斗的優點，可是……他用笑容面對其他女生，讓我有點……不喜歡……」

「…………………」

這女生會不會太可愛了一點啊！

「喂——！伊理戶！過來一下！」

待在附近的川波忽然把伊理戶同學叫來。

伊理戶同學一臉詫異地過來後，川波死瞪著他說：

「你待客方式……給我再冷血一點。」

「哪有你這樣帶新人的啊。」

「少跟我囉嗦！培訓時沒學過笑容不可賤賣嗎！」

「你當你是墮入黑暗面的麥當勞啊。」

伊理戶同學冷靜的吐槽，「呵！」把結女逗得小聲噴笑出來。

AM11：55■工作時的朋友跟平常完全不一樣

偷偷現身。

我是東頭伊佐奈，我來了。

聽說水斗同學與結女同學會從這個時段開始輪班，於是我來到一年七班，傳聞中的大正浪漫咖啡廳一探究竟，沒想到……

「好有人氣喔……」

從入口排了好長一條隊伍！變得好像是辦促銷活動時的misdo。

好吧，雖然我本來就沒那個膽一個人入店，更別說咖啡廳對我而言遊戲難度也太高，但沒想到人氣竟旺到如此地步。

那就稍微不好意思一下，從窗戶偷看好了。反正還有其他人看到排隊就好奇地探頭往店裡看，於是我混入他們之中……

「……啊……」

找到水斗同學與結女同學了！

水斗同學剛才已經看過了，沒想到結女同學穿起來也這麼漂亮……唉——……他們倆念國中的時候交往過耶……唔哇——我開始心跳加速了。

招呼客人的模樣更是別有一番情趣呢。剛才見到水斗同學時，感覺就只是「穿著特殊服裝」，但看到他工作的模樣，就覺得有點像是真正的書生……雖然我也覺得真正的書生不會在咖啡廳工作就是了。

「點餐只要以上這些嗎？」

「是、是的……！」「只要以上！對！謝謝你！」

「請稍候，祝兩位愉快。」

……應該說……

總覺得……水斗同學散發的氛圍，好像比平常柔和，或者該說溫柔？是怎樣啊？那張笑容可掬的臉！那個無論我如何上下其手眉毛都沒挑一下，態度冷淡的水斗同學到哪裡去了！竟然只對客人那麼和顏悅色！太奸詐了！

就算我拜託他，他一定也不會擺給我看吧——……我沒那個膽進去店裡，而且也沒錢，只能懊惱不甘心地偷看。請看，這就是群眾口中水斗同學的女朋友的實情。

「對不起。』

「——咦？東頭同學？」

「嗚呀！」

南同學突然探出頭來，在我面前現身。我嚇得上半身往後仰。

南同學也跟結女同學一樣穿著袴裝，用比較大的和風緞帶點綴馬尾頭。哦，想不到只要換個不同圖案的緞帶，整個人氣質就不太一樣了呢。

「妳在那裡幹嘛啊？怎麼不進來？」

「我、我沒那個膽……況且隊伍又排這麼長……」

「哦～我懂了……妳一個人不敢進來，所以就從窗戶偷看伊理戶同學啊？怎麼樣？有何感想？」

「……好像變得不是水斗同學了，光是看著就覺得心跳好快……」

「哦，反應不錯喔。東頭同學，想不到妳還保有一些少女心嘛。」

「當然有啊……我可是每天都承受著內心悸動一邊快要陣亡一邊跟他做普通朋友耶！」

「那跟女朋友有什麼差別啊……」

南同學半睜著眼有些敬謝不敏地說。差別就在於水斗同學看起來內心一點悸動都沒有。

「總之要不要先進來再說？我可以讓妳用朋友特權進來喔。」

「不、不用不用！這樣對排隊的人不好意思！」

「這樣啊。嗯——……啊，有了。妳等一下有空嗎？」

「咦？啊，有空。在水斗同學他們工作完之前都沒事……」

「好好好，不會太久。我換班時間快到了，就快重獲自由了——妳陪我一下嘛！……我有件事想請妳幫忙，好嗎？」

「喔……是可以……」

可是，想請我幫忙？找上連班上展示工作都沒幫忙的我？

「那好，東頭同學妳等我一下喔。我得去換衣服才行！」

南同學面露賊兮兮的怪笑，從我面前離開了。她去找結女同學，跟她說「欸，那個借我一下喔」之類的話。結女同學說：「咦？……噢，我懂了。那就交給妳嘍。」然後看看我，臉上也同樣浮現詭異的神祕笑意。

咦咦……？是怎麼回事？她們在打什麼主意……？

這時，不理會我的困惑，我聽見周圍傳來說悄悄話的聲音。

「她說東頭……」「妳忘啦，就是傳聞中伊理戶同學的……」「啊！就是她啊……！」

……嗯嗯——

儘管我已經決定不再把旁人的眼光放在心上，但尷尬的時候還是會尷尬，兩件事不能相提並論。要是再受到更多矚目我會死掉，因此雖然依依不捨，但我還是離開窗邊，與七班教

「對不起。」

室保持一點距離。

南同學究竟打算做什麼呢……？弄得我心驚膽跳的！

PM12：16■忘得了過去，躲不了輪迴

午休時間將近，我們暫時截止排隊。把現在排隊的人招呼完，才終於可以休息。而下午已經說好跟結女以及伊佐奈一起逛文化祭。所以終於可以擺脫不習慣的營業用笑容了。

……豈料。

到了最後的最後關頭，偏偏來了個棘手的刺客。

「喂，伊理戶。有人外找喔。」

川波一臉詫異，來到員工區叫我。

「外找？誰啊？」

「不知道，就一個帶著小學生，長得有夠正點的大姊。她是說只要來跟你說一聲，你就會知道……你們什麼關係啊？」

大姊。

在我認識的人當中，只有一個人可能會被人家這樣稱呼。

「……知道了。我去去就回來……」

「看你一臉超級嫌麻煩的表情。」

「這還用說嗎──假如親戚去了你打工的地方，你也會是這種表情。」

「……喔──……」

川波的表情頓時變得既能體會又充滿同情，「加油。」輕拍我的肩膀說。

來到客人比剛才少很多的外場，就看到結女已經被她逮住了。

「──來，竹真。你應該要跟結女姊姊說什麼？」

「咦，啊，嗚嗚……」

「圓香表姊沒關係，不用勉強他……對不起喔，竹真。不用怕我不高興，好嗎？」

果不其然，是圓香表姊。

她有說過會來，結女也把自己那份邀請函寄給了她，只是沒想到她還真跑來找麻煩了。而且不知道為什麼，還帶上了弟弟竹真。真可憐。他本來就已經很怕生了，來到高中的文化祭不會覺得侷促不安嗎？

我不情不願地去加入女高中生與女大學生包圍臉紅小學生的現場，「哦！」圓香表姊立刻看過來。

「對不起。』

「水～斗～表弟！我聽到評價嘍——？聽說你是這家店的紅牌——？」

「我不記得店裡有這種排名，而且我只是暫時幫忙，不是正職。因為我是執委。」

「少來了啦——我都看到嘍——？好多女生對著你尖叫！咿嘻嘻，你讓我這表姊好驕傲喔。」

繼續跟她認真大概會把我煩死，於是我別開目光，把話題轉到結女身上。

「不要摸魚摸太久，店裡還有其他客人在。」

「你態度真的很差耶，對圓香表姊也動用一下社交技巧啦……真對不起，圓香表姊。我沒想到客人會這麼多……」

「沒關係沒關係，我們就在這邊看你們工作！你們去忙吧——」

結女低頭致意後離開圓香表姊他們的座位。竹真的視線頻頻跟著她的背影跑……好吧，就普遍觀點來說，突然多個那種親戚的話會心生憧憬也無可厚非。我是說就普遍觀點而論。

我也離開座位，去招呼正在排隊的客人。剛好有一桌空了出來。

「請問幾位？」

「啊，兩人——！」

或許是國中生吧，而且看起來像一年級生。就是兩個好像正在長高的女生。一個看起來很不怕生，另一個則總是看著斜下方，好像脾氣有點怪。她們應該就是上午的最後一組客人了。

兩個國中女生好奇地看著貼在牆上營造氣氛的大正時代報紙，以及放有當時文人作品的書櫃等；我替她們帶位。

國中生的客人還滿多的。他們從哥哥姊姊或學長姊那邊拿到邀請函，抱持著參加學校說明會的心情來參觀校園。換言之就是將來的學弟妹候補——不過，等到這些小朋友上高中時，我大概已經畢業了吧。

坐到座位上後，不怕生的那一個一如給人的印象，笑咪咪地對我說：

「大哥哥，你好帥喔——！你穿這件衣服超好看的——！欸，妳不覺得嗎！」

「…………………」

被她問到的脾氣比較怪的那個，不知為何死盯著我的臉不放。

這件衣服穿久了之後對視線也漸漸適應了，但是……不對，她看我的這種方式，簡直好像我臉上夾了一隻小龍蝦似的。

幹嘛這樣看我？

正當我心生疑惑之時……

「……請問……」

這個國中女生，一邊眉頭緊鎖地瞪著我的臉瞧，一邊慢慢地開口了。

「對不起。」

「我們……是不是在哪裡見過面？」

「嗄？」

我一不小心沒維持住營業模式，露出了本性。

是不是在哪裡見過面？她是這樣問我的嗎？

我重新打量這個國中女生的長相。是叫做披肩雙馬尾嗎？就像是結合長髮與雙馬尾的髮型，稚氣未脫的相貌五官雖然端正，但眼角有點上翹，稍微給人凶悍的印象。

我本身並不擅長記住別人的長相，尤其是這種年紀比我小的人，更是每個看起來都長得一樣。真不懂人為什麼一長大就會變得無法區分兒童的長相。

「不好意思……我不記得了。」

「這樣啊……」

少女顯得有些遺憾地低下頭去。另一個看起來比較不怕生的女生說：

「咦——？好難得喔！妳竟然會對男生感興趣！不像平常看到班上男生都像看到垃圾一樣——！」

「才沒有……只是一時認錯人。」

「大哥哥我跟你說喔！是這樣的，她說啊——她在念小五的時候，不小心撞見年長的……記得差不多是國中生？就是情侶親嘴的場面——！結果好像留下了怪怪的心理創傷？

於是變得很不敢接近男生了！」

「喂……！妳這個大嘴巴！」

原來如此。那麼她剛才死盯著我不放，也許是充滿戒心的眼神了……但就算是這樣，剛才那個問題還是很令人費解……

「那麼，等一下我換女生店員來為妳們服務。可以嗎？」

「謝……謝謝。」

嘴上這樣說，但這個討厭男生的國中女生，點餐的時候還是繼續瞪著我的臉。

我幫客人點完餐回到員工區，結女立刻給我一個白眼。

「……怎麼跟她們講那麼久？」

「是對方愛講話。哎，反正客人也漸漸減少了，多花一點時間也沒影響吧？」

「哼——……」

結女瞥一眼剛才的國中女生二人組，說：

「……大概念一年級吧。」

「差不多吧。」

「個子好小。」

「國一都是那樣吧。」

「…………你比較喜歡國中生？」

「信不信我扁妳？」

我以前是跟國中生交往過沒錯，但當時我也是國中生好嗎？

沒時間陪她瞎扯這種沒頭沒腦的無稽之談了。我半強硬地把話題拉回工作上。

「那兩個國中生，長頭髮的那個好像怕男生。上餐時麻煩換妳去。」

「是喔——……連怕男生的女生都找你說話啊……」

「夠了沒啊。」

聽見「咿嘻嘻」的笑聲轉頭一看，圓香表姊在那裡看著我們賊笑。這邊也是，那邊也是……真希望她們能向乖乖把紅茶吹涼的竹真看齊。

正在這樣想的時候……

「——啊！」

準備把嘴巴湊向杯緣的竹真，手肘撞到了桌子。

茶碟即將從桌上滑落，伴隨著刺耳聲響摔碎——就在我如此想像的下一刻……

「哇，危險。」

一隻手從旁迅速伸來，接住了茶碟。

是坐在旁邊座位的，剛才那個討厭男生的國中女生。

她吁一口氣，把茶碟遞給竹真。

「來，拿去。小心點。」

「啊……」

竹真弱弱地叫了一聲接過茶碟。一旁看到的圓香表姊說：「真不好意思——！謝謝妳喔——！來，竹真也說謝謝！」竹真因為出糗而害羞到面紅耳赤，抬頭看著國中女生的臉。

「……謝……謝妳……」

「——嗚！」

國中女生不知怎地退縮了一下，但隨即冷冷地低喃一句：「……沒什麼。」就回座位去了。

嗯——連面對小弟弟都是那種態度，看來是真的不擅長跟男生接觸。

念小五的時候，目擊到情侶的接吻場面——假設現在念國一，就是兩年前發生的事——

——兩年前——情侶——接吻——小學生——

「……嗯嗯？」

好像……有什麼事情卡在腦子裡？

「二號桌餐點好了！端過去端過去——！」

廚房人員高喊的聲音，讓異樣感受頓時消失無蹤。搞不懂是怎麼回事。

「對不起。」

PM12：48■稱讚女性朋友的外表莫名有落敗感

「曉月同學傳的？」

進入午休時間，模擬商店暫時休息。廚房人員哀叫著說要鬧糧荒了，衝向學校附近的超市補買食材，我與結女則是前往指定的更衣室，準備換掉服裝。

途中，我的手機收到了神祕訊息。

結女從旁湊過來看我的手機畫面。

「『東頭同學在我手上。想救她就到操場舞台旁邊的自動手相占卜機來』……曉月同學真的很喜歡這一套呢。」

「好吧，反正本來就說好了跟伊佐奈會合，這樣正好。是說，自動手相占卜機是個什麼玩意……？」

那有意義嗎？或者應該說，這就表示有班級偷懶用自動機器當模擬商店了。

總之我們前往更衣室，到了那裡才好不容易脫離袴裝的負擔。

我穿上制服走出男更衣室，過了一小段時間，結女從女更衣室走出來。下面是制服的百褶裙，上面卻是以黃色為基調的班服。

結女看著我的穿著，偏頭說：

「你的班服呢？」

「……穿在裡面。」

我輕扯制服襯衫的衣領，讓她看見穿在裡面的班服。

如同之前跟伊佐奈聊過的，我實在沒辦法喜歡這種所謂的班服。話雖如此，穿起來其實還算舒服，而且結女會像現在這樣囉嗦，所以我沒多說廢話就穿了——但考慮到接下來要去見可能比我更怨恨班服的傢伙，當成襯衣藏在裡面比較妥當。

把脫掉的服裝還回班上後，我們移動到南同學指定的地點。

操場裡整齊排列著模擬商店的攤位，穿過這一區就是活動用舞台。話劇或樂團演奏等表演活動，都是分配到這裡或體育館進行。

不過，現在是午休時間，因此舞台上空無一人。我們橫越冷清的觀眾區繞到舞台側面，看到一個容易忽略的小角落的確有個自動手相占卜機的攤位。

就在它旁邊，藏身於校樹的樹蔭，穿著班服的南同學，以及不知為何姿勢彎腰駝背的伊佐奈就在那裡。

「讓妳久等了，曉月同學。還有東頭同學……妳在做什麼？」

『對不起。』

「……嗚嗚……不是我……是南同學忽然……」

伊佐奈面對樹洞用細弱的聲音喃喃自語，肩膀簌簌發抖。

我皺起眉頭，瞪著南同學。

「……妳把她怎麼了？」

「好凶！不要生氣嘛，就只是讓她換個衣服啊！我也太沒信用了吧！」

我倒想問她，何時做過能取得我信任的事了。

經她這麼一說，伊佐奈穿的的確不是制服。上半身用偏黑的披肩遮住了一半以上，但看得到裙子是抹茶般的深綠色，外面還套上像是圍裙的配件。怎麼看都不是制服，硬要說的話比較像女服務生……

「好嘛好嘛，東頭同學！衣服都換了，就讓他看個清楚唄！沒～事～啦！妳穿起來真的超好看！結女的眼光真準！」

「呀嗚啊啊！等、等一下，我還沒做好心理準備啊啊啊……！」

伊佐奈被南同學強行轉向前方，「哇——！」結女雙手合十。

「太好了！大小剛剛好！」

「合身得很哩——！本來還擔心胸部塞不下的說——！」

剛才聯想到女服務生，大致上的方向性沒錯。

雖然用披肩覆蓋住胸部一帶，但可以看出似乎是在白色女襯衫的外面多套一件胸口大開的圍裙式服裝。

我有看過這種一眼就讓人強烈聯想到歐洲的服裝。

「……好像是叫做……阿爾卑斯村姑裙？」

就是我們在大學挑衣服時，圓香表姊想讓結女試穿的那套服裝。

記得是因為胸口開太大，所以我說……不行……

「…………噢，難怪會多穿披肩。」

「誰敢穿這種的在外面走動啦！德國人的想法太奇怪了！」

伊佐奈拉起前面的披肩，大聲嚷嚷著說。所以穿披肩是用來遮胸的。

南同學發出「嘻嘻嘻」的怪異笑聲，從伊佐奈背後抓住她的肩膀。

「沒事啦……要說暴露程度的話，泳裝比這暴露多了……拿出自信來嘛……真的已經不是普通的色──不對，我是說可愛……」

「明明就是要說色情！明明就說出來了！」

「還在嘴硬──妳難道不想讓伊理戶同學看看嗎？」

「嗚！」

「沒辦法，妳已經嘗過了嘛？被喜歡的人說可愛的那種樂趣！既然你們只是朋友，那就

「對不起。」

老實讓他稱讚妳啊，沒什麼好客氣的吧～～～」

「嗚嗚嗚……」

「唆使人的技術真是登堂入室……」

結女苦笑著給了句評語。這位同學真是，永遠只會多此一舉。

我有點傻眼，決定出手相助。

「不要勉強她了啦。就算是同性也會構成性騷——」

「——只、只看一眼的話……」

伊佐奈偷看我幾眼，聲音細微地說了：

「只給水斗同學一個人看……只看一下下的話……好、好吧，反正仔細想想，暑假期間就已經穿過坦克背心之類的去你家玩嘛？跟那沒什麼差別……對吧？」

「別來問我啊……」

雖然說得一點也沒錯。比起上次那個男友襯衫，這套服裝像樣多了就是。

伊佐奈頻頻對我招手。看樣子我不跟著起鬨事情就別想有進展了，當我正要靠近伊佐奈時，結女扯了一下我的制服袖子。

「（一定要好好稱讚人家喔……還有，不可以一直盯著看喔。）」

到底要我怎樣啦……真的，妳到底想要我怎樣？

結女鬆手了，我再次靠近伊佐奈。南同學像是讓出位子般離開，大中午的太陽落下清晰葉影的樹蔭之中，只剩下我與伊佐奈。

伊佐奈把手放在披肩上，目光左右游移了半天，才終於抬眼望向我的臉。

「那……那就，失禮了……」

隨著細微的窸窣聲，伊佐奈鬆開披肩的帶子……被她弄得這麼正式，就連我也不禁緊張起來。這段時間到底有什麼意義？我們大白天在操場的角落幹什麼？

就在我把得不到答案的問題拋向虛空時，伊佐奈掀開了胸前的披肩。

「…………」

「…………」

……這，是…………

我早該知道了。阿爾卑斯村姑裙，是胸前與肩膀等處露出大片面積的款式。但是……身材遠比一般高中生好的伊佐奈穿起來，竟然會變成這樣？

本人宣稱為G罩杯的雙峰把褶邊白色女襯衫高高撐起，完全暴露出胸口的深谷。胸部與襯衫之間形成小小縫隙，把手指塞進去往下一扯恐怕就脫掉了。

如果只是這樣，那跟暑假時毫不設防的穿著並無太大差別。問題是，在奇幻漫畫中村姑常穿的村姑裙裝，與容貌純樸的伊佐奈搭配得無懈可擊——

「對不起。」

「怎……怎麼樣……？」

伊佐奈帶著不安的眼神問我。

此刻，我心裡，只有一個想法。

總覺得——很不甘心。

面對平常總是穿得隨便至極，連怎麼逗弄我都不會的伊佐奈，竟然讓我心生這種感想——弄得好像是我輸了一樣。

可是……站在伊佐奈的角度想，我不認真講點感想，她被強迫穿上這件衣服就白穿了。

我花上幾秒尋找詞彙，無奈這對缺乏文才的我來說只是無謂的掙扎。

「…………妳穿起來很好看。我覺得很可愛。」

「嗚欸？」

伊佐奈驚訝得瞠目結舌，頻頻眨眼，臉頰徐徐泛紅。

「真……真的嗎？」

「我不擅長講客套話。這妳早就知道了吧？」

「是不是說小狗小貓的那種『可愛』——」

「不是。」

「……順、順便問一下……是哪裡……？」

「整個人。一一陳述細節只會很噁心吧。」

「……………欸嘿。欸嘿嘿。欸嘿嘿嘿…………」

伊佐奈害羞起來，不斷發出介於羞怯與宅女怪笑之間的聲音。

神祕的落敗感使我別開了目光。能讓妳這麼開心真令我惶恐。

「嘿嘿。既然這麼戳中水斗同學的性癖好，那披肩就暫時不要穿好了～嘿嘿嘿！沒辦法，誰教這是水斗同學的喜好呢！嘿嘿嘿嘿！」

「……我問一下，作個確認。」

「請說。」

看著轉眼間就開始得意忘形的伊佐奈，我逼她面對現實。

「妳穿成這樣……那內衣呢？」

不管怎麼看……該有胸罩的位置，都沒看到任何布料。

伊佐奈維持著害羞偷笑的神情僵住半晌——然後無聲而迅速地闔起胸前的披肩。

「……還是遮起來好了……」

「我也建議妳這麼做。除非妳想去輔導室報到。」

真拿她沒轍……幸好有阻止圓香表姊那樣做。

「這樣好嗎，結女？雖然我這個始作俑者可能不太有資格說啦。」

我正看著恢復理智重新穿好披肩的東頭同學，以及雖然傻眼但也流露些許笑意的水斗時，曉月同學偷偷過來問我。

我露出含混的笑容說：

「應該沒關係吧？這點小事對他們兩個來說，也不是第一次了。」

「也是啦。他們倆就只有對彼此的好感度破表。」

這種不可思議的複雜心情，至今我已經嘗受過不只一次了。

看到東頭同學開心的模樣，我也覺得開心……但是同時，一股近乎嫉妒的豔羨也像一根針戳得我胸口腫痛，心想如果在那裡與他歡笑的人是我該有多好。

如果是在心情還沒安定下來，自我定位飄忽不定的那段時期，這種心情會令我很不愉快……但是，如今我已經清楚知道自己想要什麼，能夠接受這份複雜的心情。因為這就證明了，我又一次確鑿不移地喜歡上了他。

「……結女，妳變成熟好多喔。不敢相信妳之前還因為伊理戶同學叫她的名字就驚慌地

「對不起。」

跑來找我哭訴呢。」

「沒有啦，其實我還是會感到不安。」

我只是學會如何不被這種不安過度影響行為而已。只是不斷告訴自己不要緊不要緊而已。

以現在來舉例好了，想想看嘛，他也有說我可愛呀。大正浪漫服裝，也狠狠戳中了水斗的性癖好嘛？所以不要緊不要緊，平手平手。

「那麼，今後妳一個人可以嘍？」

曉月同學面露挖苦人的笑容，像是跟小孩子講話那樣說道。

明明妳才是嬌小得像個小孩子——我吞下這句話，點點頭。

「嗯，我可以的……所以，曉月同學妳也可以去找川波同學沒關係喔。」

「妳扯到哪～裡去了啦！反正那個陽光系一定在跟其他朋友鬼混啦！」

我報復性地開她玩笑，果然得到一個倔強又鬧彆扭的回答。明明很愛當大姊姊照顧人，講到她自己的事就不行了……

「加油。文化祭現在才要開始呢。」

「要我加油什麼啦……好吧，如果碰巧遇到他可能會鬧他一下吧。」

曉月同學一扭頭，像狗搖尾巴那樣揮動馬尾。

PM01：10■天然小惡魔不可複製

目送曉月同學離去，剩下我們三個人，決定先去吃午餐。

「我們班上暫時休息，但攤販類還有在營業吧？」

「也是……雖然有點哄抬售價，但也沒得選了。今天沒帶便當。」

「啊……！那、那我可以提個要求嗎？可以嗎！我想吃章魚燒！」

令我意外的是，東頭同學似乎很喜歡攤販。但她很怕生，一個人的話一定不敢逛吧……我太能體會了……

我們前往章魚燒攤販，一人買一份。雖然比冷凍食品貴，不過今天有領到吃喝玩樂的資金，不用反而浪費。

「很燙喔，小心。」

「好！呼～呼～……哈呼哈呼。」

東頭同學雖然個子比我高，但怕燙地把章魚燒往嘴裡塞的模樣，就像松鼠一樣可愛。

現在的我，大概就是缺少這種可愛吧……好──……

「……哈呼！」

我故意把還不夠涼的章魚燒塞進嘴裡，結果理所當然地被燙到，我用手遮住嘴巴。

水斗一副拿我沒轍的眼神看向我。

「還好意思說別人，真讓我無言。」

「啊呼……我、我沒想到會這麼燙嘛！」

本來是想表現出有點迷糊的反差——沒想到真的很燙，讓我裝不下去。嘴巴裡搞不好燙傷了。

東頭同學把章魚燒嚼一嚼吞下去之後，「嗚～……」用手遮住嘴巴發出某種呻吟。

「舌頭可能燙到了……」

「拜託喔，要不要緊啊？」

「幫我看一下～……」

「嗯唄」一聲。

東頭同學忽然張開嘴巴，把粉紅色的舌頭露給水斗看。

咦咦！這、這個動作……！咦？都不會害臊的喔！

結果只有我一個人在驚愕。水斗氣定神閒地湊過去看東頭同學的舌頭，說：

「的確是有點破皮。用冷飲或什麼冷卻一下好了。」

「麻煩裡勒～……」

是、是滿可愛的沒錯……或許也會讓人心跳稍微加快沒錯……舌、舌頭……舌頭啊……

「水、水斗……」

「嗯？」

我扯了扯水斗的制服衣襬。

再來只要張開嘴巴，伸出舌頭就好……「嗯唄」一聲……吐舌頭……

「……沒、沒什麼……」

「是喔？那我去買飲料，幫我拿一下。」

水斗把章魚燒的盤子交給我，去了附近的飲料攤。

我兩手端著盤子，悄悄地對自己灰心。

……辦不到……我沒辦法變成東頭同學……

「結女同學，妳怎麼了？哈呼哈呼。」

「東頭同學……一個人要怎麼樣才能變得像妳這麼不知羞恥？」

「奇怪？我怎麼好像正遭受到強烈批判？」

「對不起。』

PM01：18■反正跟我一點關係都沒有

「啊～啊～有夠沒意思的～」

走在熱鬧滾滾的走廊上，麻希帶著嘔氣的語氣說了。

「我們的友情都到哪裡去了啊！伊理戶同學有事要忙所以怪不得她，但奈須華那傢伙，竟然以男朋友為優先，真是夠了——！」

「沒辦法啊——才剛開始交往嘛。不可以打擾人家最快樂的時光啦。」

「本人看起來根本一絲都不快樂！」

的確，奈須華說要去找男朋友時，就跟平常是一模一樣的面無表情。

「可是，假如表面上面無表情其實心裡雀躍期盼就太可愛了。」

「嗚嘎——！別跟我講這種酸酸甜甜的話——！會害我想要男朋友啦——！」

「馬兒乖喔。請您消消氣，我會陪著妳的。」

「嗚嗚，太棒了……雖然沒交到男友但是我有女友了……我們倆來耍甜蜜吧，小月月……」

「好好好，很甜蜜很甜蜜。」

我摸摸像大型犬一樣抱住我的麻希安慰她。朋友被搶走的寂寞心情，我也能體會。不過好吧，奈須華——還有結女也是，都不是交到男朋友就會冷落朋友的那種女生，所以我不可以任性，要支持她們才行。

我們一邊這樣胡鬧，一邊逛文化祭。我看著麻希大吃大嚼攤販賣的法蘭克福香腸洩憤笑了一頓，然後前往有樂團表演或演話劇的體育館。

「籃球社的前輩有組樂團表演喔～」

「妳喜歡那個前輩？」

「沒有啊——？不過其他人都被迷得尖叫，不去看感覺跟不上流行嘛。」

「啊——我懂——一定是位不愁沒桃花運的帥哥吧。」

「不是，前輩是學姊。」

「哎喲喂。」

又是籃球社又是樂團，還以為是什麼萬人迷要素的合成怪獸咧，沒想到真相更驚人。

體育館內燈光昏暗，只有舞台閃亮耀眼。陰暗空間被眾多觀眾擠得水洩不通。

「嗚唔唔……看不見……」

「要不要我抱妳起來呀——？」

『對不起。』

我正在努力踮腳時，麻希沒徵求我同意就伸手抱我。可惡啊——……個頭高了不起啊！不過多虧有她，我看見舞台了。不知道是哪個班級還是社團在跳舞。

這時……

「……嗯？」

在人山人海的觀眾當中，我好像看到一顆眼熟的腦袋。

……不，我沒看錯。那個髮尾抓的造型……是川波的腦袋。

而他的身邊，有個——

「…………………」

管他的，跟我無關。

反正，跟我，一點關係都沒有。

那傢伙跟班上常常找他一起玩的西村同學，兩個人待在那裡又怎樣？跟我無關，我也不在乎。

「啊——手臂開始痠了！我要放下來嘍——」

麻希把我放回地板上，湊過來看我的臉。

「怎麼啦？臉這麼臭。」

「……沒有，沒怎樣。」

「該不會是我擅自跟妳玩好高好高，惹妳生氣了？那我跟妳道歉！我明明知道小月月很介意自己個子小！但我覺得個頭嬌小也很可愛！」

「不要沒頭沒腦亂安慰我！誰說我介意了——！」

的確，我也感覺得出來，西村同學似乎有點喜歡那傢伙。

因為那傢伙，常常跟西村同學講話講到一半就跑廁所……這就表示他感覺到了她的好感。於是，他那種過敏症就發作了。

一般來說，如果只是講講話就會害自己長蕁麻疹，不會覺得很受不了對方嗎？換作是我早就煩死了。所以我都會顧慮他的身體狀況，但他卻——

音樂結束，部分觀眾各自散開往出口移動。「哎喲，快讓路快讓路。」麻希拉著我，讓路給離場的群眾。

人潮向外流動——在那當中，混雜了剛才看到的腦袋。

「咦？那不是川波——跟西村嗎？」

川波每次說什麼，西村同學就笑得肩膀亂晃。一定又在講些垃圾話了。就像跟我說過的那些——

「唔哇——本來就覺得他們很親近了，該不會在不知不覺間——」

「…………」

「對不起。』

「……噫！……小、小月月？妳怎麼一臉凶巴巴的……？」

「……沒有啊。」

「沒有才怪！」

反正跟我無關。我又不是不知道那傢伙很受女生歡迎……而且我早在八萬年前，就知道他是個騙子。

所以，他就算嘴上說「戀愛我是只看不談～」卻滿不在乎地搞什麼文化祭約會，我也一點都不覺得意外。

「人變少了，麻希。趁現在往前面擠吧。」

「什、什麼——……在這種狀況下要我對前輩的樂團尖叫，我辦不到耶……」

我拉著麻希的手，準備移動到舞台附近——但就在前一刻……

體育館的外頭，傳來了聲音。

「啊，找到你們了！川波——！」

「喔——你們在這裡啊！真是，不要走散啊——」

「有什麼辦法，剛才人太多了嘛～！」

回頭一看，就在體育館出入口一出去的地方，包括川波與西村同學在內，有大約五個同班同學聚集在那裡。

那個男女混合的小團體，一邊大聲互開玩笑一邊離開體育館。

「……小月月？」

同樣看到那一幕的麻希，湊過來看我的臉說：

「這下妳開心了吧，不是約會。」

「…………我不在乎。」

「唉——搞了半天，沒在歌頌青春的就我一個啊——」

「就跟妳說我不在乎了嘛！」

PM02：35■過去與現在

「哎呀——幸好能平安脫逃。真好玩——！」

「就是呀。當我發現之前的所有答案都是最後一個謎題的線索時，真的嚇了好大一跳。」

「好吧，雖然形式本身很常見，但還是很佩服他們設計得出那種機關。」

走出解謎脫逃遊戲的班級，我們邊走邊聊感想。我們三個人逛了很多攤位，其中這個脫

「對不起。」

逃遊戲做得格外出色。當然合我們的胃口也是原因之一，但遊戲本身沒有依賴文化祭特有的圈內笑話，以一項娛樂作品而論細節設想周到，不耍花樣就是單純好玩。

「真的很慶幸有水斗同學與結女同學在！我一個人的話絕對不敢進去。」

「就是啊。我也有點小看文化祭了，實在沒想到有班級能做出那麼精緻的內容。」

「對呀！還以為就是陽光陣營辦些無聊當好玩的攤位拿節日氣氛糊弄過去同學之間開心就好的活動呢——！」

「呃，把文化祭想成這樣會不會太過分了？」

我倒覺得很正常。

我們漫無目的地隨便走走，來到了中庭。正好有三年級生在表演，女生用英勇雄壯的歌喉高唱某部動畫的主題曲。以它為ＢＧＭ，結女打開文化祭的小冊子。

「再來要去哪裡？有很多班級開始辦下午的活動了喔。」

伊佐奈偏著頭仰望半空。

「嗯——……該說玩完剛才那個，有點陷入燃燒殆盡症候群了嗎……」

「說得對。是不是可以稍微休息一下？」

「也是，的確是一直走來走去沒休息……啊，那我去個洗手間好了。東頭同學不去嗎？」

「我還不用去——妳慢走——」

「我很快就回來，你們在這裡等我喔。」

結女回到校舍裡去。目送她離去後，我們在連接兩棟校舍的走廊上背靠柱子，看著三年級生熱血高歌。

看著看著……

「水斗同學，水斗同學。」

「嗯？」

我一轉頭的瞬間，狀況就來了。

「微走光。」

伊佐奈拉扯一下遮胸披肩的衣領，把村姑裙裝的胸口部位瞬間大露給我看。

「……妳玩這玩上癮了？」

「不覺得很色嗎？在大庭廣眾之下，只給水斗同學一個人看喔。」

「看來似乎害妳拓展了不必要的性癖好……」

早知道就不隨便稱讚她了。

與其說是想色誘，應該說似乎只是在享受特殊場面的伊佐奈「唔呼呼」地按住嘴巴竊笑。

『對不起。』

「水斗同學也可以跟我學喔，秀給結女同學看。」

「很遺憾，我一個大男人沒東西可以露給她看。」

「不不不，這你就錯了，水斗同學。看到胸部會興奮可是不分男生女生的喔。」

「我就沒興奮。」

「哼哼哼，就當作是你說的這樣吧。看在朋友一場的份上。」

這傢伙一得意忘形起來真的很欠揍。

「好吧，不做這個動作就算了，但水斗同學攻勢會不會弱了一點？難得的文化祭耶。到底有沒有要認真攻陷結女同學呀？」

「我本來就沒有那個意思……都怪執委的工作比想像中忙。尤其是那傢伙，委員長似乎很欣賞她……所以，我不太想去打擾她。」

「……似乎不是在找藉口呢。但我覺得結女同學應該不會嫌你煩吧？」

「當事人怎麼想不重要。」

什麼才是現在該重視的問題？……答案不該取決於本人的情感。

「嗯……」

伊佐奈定定地注視我的臉，有點生氣地噘起嘴唇。

「水斗同學，你是不是又在自尋煩惱了？」

「沒之前的妳那麼厲害。」

「能夠理解超愛自尋煩惱的我的心思，就表示你的個性比我更會自尋煩惱喔！」

……坦白講，這我很難回嘴。

「水斗同學頭腦很好，所以大概會把身邊的很多事情都考慮進去，但你應該先為自己著想才對吧？其他事情就擺第二也不會怎樣呀。」

「或許是吧……我想，應該就是像妳說的這樣。」

但是……那是具有自我的人的作法。

是能夠相信自我的人的作法。

我無意服從自己內心當中，這份近似於鄉愁的情感。

因為——難道不是嗎？

這不過是一段無可挽回的失敗記憶罷了。

「伊佐奈，我想說句話。希望妳當成笑話聽聽就好。」

「好的。」

「假如我說——我當初應該要接受妳的告白才對，妳會……」

「我會生氣。」

「……我想也是。」

「對不起。」

我有些自嘲地掀起了嘴角。想得也太美了，人家不可能會接受——

「不過……」

伊佐奈仍然專注地，凝視著我的眼睛。

「假如水斗同學重新向我告白，我樂於答應。」

我大感意外地睜大雙眼，也凝視著伊佐奈的眼睛。

「這兩個……有什麼差別？」

「這個嘛……大概是差在過去或現在吧？」

「……過去，或現在？」

「一個是後悔自己當時做錯了選擇，對我做出一切當作沒發生過的存檔&讀取行為；一個是審視現在這一刻的我並選擇不同的選項——或許就差在這裡吧。我想是的。」

……原來如此，我懂了。

這傢伙說話還是一樣條理分明，很容易聽懂。

「我呢，自從遇見水斗同學之後，可是變了很多喔。而且，我比較喜歡遇見水斗同學之後的自己。因此，如果你願意選擇現在的我，要我當你的女朋友或老婆我都樂於答應，而且當天就會把你帶回家裡做色色的事。」

「性慾強調過頭了吧。」

「這對我來說很重要呀。對水斗同學來說不重要嗎？」

不。

對我來說，重要的是——

——啊，又來了。

只知道自己不是那樣，但是想弄清自己的心思時……卻什麼想法都沒有。

「嗯——……水斗同學，說到這個——」

「——抱歉打擾一下。」

伊佐奈正要問我什麼事情之時，忽地有個低沉的嗓音岔了進來。

往前一看，一位身穿西裝外套的男性站在眼前。差不多四十來歲吧……散發一種成功商業人士的氣質。是哪個學生的家長嗎？

「我想問個路……方便嗎？」

「啊，好的。」

我的上臂別有執委的臂章。對方想必是看到這個才會過來詢問。

將急速降低存在感的伊佐奈擺到一邊，儼然一副商業人士模樣的男性說了：

「請問一年七班怎麼走？」

我們的班級？

「對不起。』

我一面感到意外，一面以委員的身分嚴肅以對：

「就在那邊那棟校舍的二樓。上了樓梯之後的第三間教室就是了。」

「原來如此。謝謝你的幫助。」

接著，男性看向在我旁邊縮成一團的伊佐奈，露出了微笑。

「你的女朋友真迷人。要好好珍惜她喔。」

「噫嗚！」

可能是話題忽然落到自己身上嚇了一跳，伊佐奈發出小聲驚呼抓住了我的衣服。

「那我過去看看。真的很謝謝你。」

男性隨即消失在校舍之中。

也許是班上哪個同學的父親吧。個性倒是滿爽朗直率的。

「……嘿嘿。嘿嘿嘿……人家說我是迷人的女朋友呢，水斗同學！」

「可惜不是事實。」

「對呀！……不對，這句話就水斗同學你最不該說！」

我把氣呼呼的伊佐奈當成狗一樣安撫。

……要好好珍惜她，是吧。

這可不像說的這麼簡單。

PM03：45■這世上有兩種人

上洗手間休息過之後，我跟水斗還有東頭同學一起逛了幾個攤位。

我們在體育館看樂團表演，又去了做簡報時競爭過、布置得一絲不苟的女僕咖啡廳，時間眨眼間就過去了。

我發現已經到了平常上完一天課的時間，於是對水斗說：

「是不是該去替後夜祭做準備了？」

「喔——已經這麼晚了啊。」

水斗也用手機看時間低聲說道。

後夜祭，也就是營火晚會。場復是明天的工作，所以準備營火，就是今天文化祭執行委員的最後一份職務。

聽我們這麼說，東頭同學的心情變得明顯地低落。

「這樣啊……既然要辦正事就沒辦法了……」

「東頭同學接下來有計畫嗎？例如班上有慶功宴？」

「我覺得我們班上不會辦那種東西，就算有我也是絕對不會去的。」

還強調絕對兩個字。需要這樣充滿自信地說嗎？

「嗯──……後夜祭是自由參加對吧？我是有點想看看大火堆……」

竟然把營火講成大火堆。

「難得有這機會，就看到最後嘛。反正也沒有規定一定得跳舞。」

「可是，水斗同學你們不在的話，好像不會很好玩……我大概有八成的機率會回家吧。」

「那我陪妳好了。」

聽到水斗的這句發言，「咦？」我轉過頭來。

東頭同學神色頓時一亮，說：

「真的可以嗎？」

「反正準備工作做完，就沒其他事要做了。」

「那我就不回家了！晚點再跟我聯絡喔──！」

東頭同學開開心心地說完，就回自己的班上去了。

我用困惑的視線，望向神色平靜地目送她離去的水斗。

「你怎麼能跟她做那種約定……？」

「又怎麼了？」

「不是啊——辦後夜祭的時候，不是有執委的慶功宴嗎！」

沒錯。早在一開始就已經決定好，在後夜祭的時段，我們會舉辦慶功宴慶祝文化祭平安落幕。同甘共苦了幾星期的委員們將會互相慰勞，可說是文化祭執行委員真正的最後一場活動。

水斗不可能不知道這件事。因為是我告訴他的，當時他也點頭說「知道了」。我還鬆了口氣，心想他已經融入圈子裡到了願意參加慶功宴的程度。誰知道——

「執委的活動之後還有班上的慶功宴……你是這次最大的功臣，總不能不參加——」

「這是工作的一部分嗎？」

虛無。

水斗用不帶感情、空洞虛無的眼瞳看著我。

「妳說的這些什麼慶功宴，是工作嗎？」

「咦……不是……沒有算在工作內……」

「那參不參加就是個人自由吧。」

「可、可是！」

一回神，我發現自己抓住了水斗的制服。

像是試圖挽留。

像是緊抓不放。

「一些照顧過我們的學長姊也會來……最後好好跟人家致意，也是應該的吧……？」

「那種的等到明天，場復工作結束解散時再說就行了吧。」

「難……難得稍微融入了圈子，這樣會讓一切都化為烏有耶？大家又會把你當成難相處的人了耶？你都不在乎嗎……！」

「那會有什麼問題？」

毫無半點動搖。

水斗的眼瞳當中——沒有絲毫感情受到打動的跡象。

「執委的工作也要結束了。不管他們怎麼看我都沒影響吧。」

「怎麼這樣說……好像你純粹只是為了做事才跟大家好好相處……」

「不是，本來就是這樣啊，很正常。即使是沒有相關經驗的我也知道，不表現得友好一點會讓好好的工作做不下去。」

妳這傢伙在說什麼啊？

水斗詫異地皺起眉頭，清楚透露出這種想法。

「衣服……請妳放手。不是說時間快到了嗎？」

「……嗯，對不起。」

我放開水斗的衣服。

同時，我感覺他的整個存在，彷彿就要離我遠去。

我們回到家裡就能看到對方。每天都在同一間教室上課。

可是今晚，我會去參加執委的慶功宴，他則是跟東頭同學一起度過。

只不過是這樣——就讓我感覺一切都要結束了。

感覺我與他之間，被築起了一堵無法攀越的高牆。

「……說到衣服。」

水斗拉扯制服的衣領，低頭看看穿在裡面的黃色班服。

「這件班服應該拿去哪裡還？」

「…………可以自己帶回家。」

作為一份回憶……一般來說。

「喔……原來是這樣。」

到了現在，我才後知後覺地理解到。

這世上有兩種人。

一種是會把文化祭當成珍貴回憶的人，另一種則是當成麻煩活動只想趕快做完的人。

「對不起。」

我與他——是不同的人種。

「……**對不起**。」

我彷彿聽見了這個聲音。

一定是我聽錯了。

後來，我們一言不發，只是嚴肅而公事公辦地走在一起。

♥「謝謝妳。」

國中時的最後一場文化祭，我看到妳與朋友一同歡笑。

我選擇逃避般來到頂樓。喧囂聲離我遠去，我俯視著熱鬧的慶典，胸中的騷動才終於恢復平靜。

這樣就行了。

我這樣就行了。

我們這樣就行了。

至今的一切都是某種錯誤。家鴨與小天鵝，是因為年紀尚幼才能玩在一起。就只是這樣而已。

噢，當然天鵝是我。不過妳大概會說是妳吧。

所以這樣就行了。

告訴我，無法分享同一份美麗的我們，怎麼有辦法在一起？

……對不起，綾井。真的很對不起。

「謝謝妳。」

我只能在心中默默道歉。

明明我知道，我該給妳的應該是完全不同的另一句話。

從一年前到現在，我一直在嘗試定義自我。

分明知道我與她之間有隔閡，為何卻拖到畢業才終於分手？

以前曾經喜歡過的那些話語，那些動作，為什麼忽然都變得令我討厭？

在我的心中，一定早就同時存有好感與惡感。我喜歡過妳是事實，我開始討厭妳也是事實，雖然互相矛盾，但兩者都對。

這讓我很煎熬，很痛苦，很悲傷。

矛盾催生出的內在衝突，一直折磨著我的精神……

所以，當我終於提出分手時，心情才會那樣豁然開朗。

既然已經不再是戀人……

就表示我的確是討厭她的。

矛盾消失，內在衝突也消失了。

所以，當我們成為繼兄弟姊妹時，至少也比分手前來得輕鬆。

身為一家人與討厭對方，並不矛盾。

「因為變得討厭對方所以選擇分手」。成為一家人，並不會對我做出的這個決定提出疑義。

……照理來說應該是這樣。

但那個夏日，讓一切全亂了套。

妳那被煙火照亮的臉龐，扭曲了我的定義。

拜託告訴我一切都是虛假。告訴我那都只是一場夢。

否則，我們到底是為了什麼才分手？

那份煎熬、痛苦與悲傷，到底都算什麼？

我應該是因為變得討厭妳，才跟妳分手的。

為什麼妳的臉龐，卻如此深刻地烙印在我的眼底——

『謝謝妳。』

◆ 川波小暮 ◆

『——今年的洛樓高中文化祭到此結束。感謝大家到場參加。』

聽著校內廣播，「唉——……」我深深嘆一口氣。

食材見底，茶葉見底，咖啡豆見底，時間也到了盡頭，忙翻天的文化祭總算結束了。

簡直跟打工沒兩樣。不過好歹少了囉哩囉嗦的店長或前輩，工作起來還滿愉快的就是了。

「辛苦了。」

我在沒有客人的座位發呆時，一個涼冰冰的罐子貼到臉頰上。

轉頭一看，穿著班服的曉月出現在眼前。

矮子女坐到我對面，打開自己的罐裝飲料。是柳橙汁。給我的則是咖啡。

「……端了一整天用咖啡豆磨出的咖啡，自己卻只能喝罐裝咖啡啊。」

「想說你應該開始想喝了。」

「謝啦。」

雖然有點不爽，但不得不說她還真了解我。我拉開了罐裝咖啡的拉環。

我一邊用舌頭品嘗稱不上高級的苦味與酸味，一邊讓自己沉浸在周圍的喧囂中。常常跟曉月還有伊理戶同學玩在一起的坂水，拎著一大袋超商的飲料與零食登場，正在發給班上同學。這個罐裝咖啡，大概也是那些物資的一部分吧。

「怎麼樣？文化祭好玩嗎？」

混雜在班上同學情緒興奮到爆表的聲音之中，曉月的聲音傳進耳裡。

從小聽到大的青梅竹馬的聲音，不管在什麼環境裡聽見都出奇地響亮。

「好玩啊。特別是二年級的逃脫遊戲真的是神作。」

「啊，你有去玩那個呀？我也跟麻希去玩了——只是玩到一半時間就到了。」

「哈！妳不只個子小，連腦袋都小到不行耶。我們可是有過關喔。」

「亂講什麼啊，意思是說我是小顏美人嗎？有什麼辦法，你那邊有五個人，我這邊卻只有兩個啊。」

「……嗯？我有告訴過妳我們是五個人逛嗎？」

「啊。」

曉月尷尬地別開了目光。大概是在哪裡擦身而過了吧。

「說到逛攤位，不知道伊理戶家那兩個怎麼樣了。模擬商店的準備工作太忙，沒太多閒

「謝謝妳。」

空讓我出主意。」

「用不著你來出主意，他們有好好約會啦……只是東頭同學也一起就是。」

「嗄啊？那女的在搞什麼啊。那樣哪裡還能說是約會啊！」

「沒辦法啊。那個保護心過重的伊理戶同學，根本不可能讓東頭同學落單嘛。」

「是沒錯……」

「反正執委巡視時好像有時間讓兩人獨處，應該沒差吧？」

真是把人給急死了。雖然這種好事多磨的感覺，或許也是戀愛的樂趣所在。

「……好吧，反正還有後夜祭。我看東頭那傢伙一定會早早回家。」

「對呀——況且執委的工作應該也做得差不多了……」

……後夜祭啊。

我要不要參加呢——

「——欸。」

彷彿實際看見了閃過我腦海的想法，曉月說了。

「後夜祭……你有跟誰約好嗎？」

「……沒有啊，幹嘛？」

「你不是自稱萬人迷嗎？沒人約你喔？……比方說西村同學或是誰。」

「妳是想找我吵架嗎？要是有人那樣半告白地約我，我現在已經躺在保健室動不了啦。」

「那……你跟我一起去好了。」

曉月——曉曉她……

背後承受著從窗戶射入室內的夕日，這麼說了。

在背光中覆上一層薄影的眼眸，窺伺般地注視著我的臉。

我的手臂皮膚，產生一陣發毛的感覺。

這種近乎告白的——

「這樣就不怕吐滿地了吧？」

「……啊？」

「我是說看在青梅竹馬一場的份上，我來幫你擋女生啦。哎，畢竟你這種體質算是我造成的，這點責任我負就是了……嗯？」

看到我腦袋沒跟上狀況，曉月微微偏了個頭，然後邪惡地吊起了嘴角。

「你該不會是以為，我要跟你告白了吧？」

「……最好是啦。」

「自我意識過剩超誇張，噁爆。」

「就跟妳說不是了！」

「哼哼哼。」曉月耀武揚威地笑著。

……自我意識過剩的是誰啊，該死！

◆ 伊理戶結女 ◆

『——今年的洛樓高中文化祭到此結束。感謝大家到場參加。』

廣播迴盪在黃昏的天空中，一般訪客人潮從正門往外流出。

看看手機，發現有通知，圓香表姊傳了ＬＩＮＥ跟我說〈我們要回去嘍！今天很開心～！〉。

讓這一切輕描淡寫地過去，後夜祭的準備熱鬧滾滾地進行。

人員撤除部分攤位，讓操場空出位置，推起大大的木材。

水斗雖然絕不是中心人物，但也有參與其中……然而只有我知道，他那張笑臉並非發自真心。

也許我太自大了。

在暑假的鄉下，我以為自己變得比較了解他……所以竟然驕傲自大地以為，我可以幫助他。

卻沒發現，他根本就沒在尋求幫助。

沒發現我的想法……只是一廂情願。

我只是看到自己喜歡的人、自己的家人、自己的男朋友得到他人的欣賞，覺得心裡很舒服而已……只是在利用他，來滿足我無聊透頂的自尊需求。

直到現在這一刻，他都在陪我滿足我的需求。

給我面子，在做執委工作時避免破壞人際關係。為了我，壓抑他自己。

現在我懂了。

他之所以提早把事情做完……之所以明明很忙，卻還是去找東頭同學……並不是因為他替無處容身的東頭同學著想。

是因為在東頭同學面前，他可以做他自己。

不用替任何人著想。

……就連我，應該是他的家人……對水斗而言，都是必須戴上面具才能講話的對象……

自己的愚蠢令我反胃。感覺連掉眼淚，都是一種驕矜的行為。

如此遙遠。

「謝謝妳。」

一度以為貼近身旁的他，竟變得如此遙遠。

遙遠到讓我覺得，連苦苦單戀都是魯莽無謀——

◆ 伊理戶水斗 ◆

「剛才真的糗大了……」

我做完後夜祭的準備之後與伊佐奈會合，卻看到她紅著臉渾身發抖。

她胸前抱著一個紙袋。她已經換回了制服，所以紙袋裡應該是裝著被南同學強迫換上的阿爾卑斯村姑裙——等一下。

「……妳該不會就穿成那樣回教室了吧……？」

「一時忘記了嘛——！等到班上同學一說我才想起來……又是『好可愛』又是『妳穿起來很好看』又是『是男朋友的喜好嗎？』之類的，被取笑得好慘……」

「那應該只是純粹在讚美——不，等等，怎麼聽起來好像我也被牽連？」

又在現今這種大社群網站時代引發多餘的謠言——好吧算了，不計較。

伊佐奈把紙袋硬塞給我。

「請幫我把這套衣服還給結女同學……本來是想洗過再還的，但我不知道該怎麼洗……」

「好，知道了。」

「想聞體味的話要適可而止喔。」

「誰會聞啊。我又不是妳。」

「噫嗚！……我、我聽不懂你在說什麼～……」

都把臉埋在別人的枕頭裡鑽來鑽去過了，現在才來裝傻是什麼意思？

「那我們走吧。」

「好的～我好像是第一次看營火呢……是不是都會跳舞？」

「應該也有人會跳吧。我不是要學妳說話，不過那麼大的火堆本身就夠有看頭了。就跟焚燒御守的儀式差不多。」

「就是呀～！大火堆真的會讓人興奮對不對～！」

「……我看妳還是別得到炎系能力比較好。」

伊佐奈說「那就趕快過去吧」正要走向鞋櫃區時，我抓住了她的上臂。

「等一下。不是那邊。」

「唔欸？……不是要去操場嗎？」

「有個更適合我們的地點。」

我咧起嘴角，對直眨眼睛的伊佐奈笑了笑。

工作那麼賣力，收這點酬勞不為過吧。

◆ 伊理戶結女 ◆

「那麼，讓小生以委員長的身分說一句——大家辛苦了！」

「「「辛苦了——！」」」

在紅學姊的帶頭之下，室內響起玻璃杯的敲擊聲。

原本作為執委主要據點的會議室裡，擺滿了高年級生買來的零食飲料。以慶功宴來說看起來小巧了點，但聽說後夜祭結束後預定在包下的店裡吃第二攤。也就是說這只不過是開場。

「我跟妳說，結女——！我有去大正浪漫咖啡廳喔——！真的很棒——！」

「謝、謝謝。」

「奇怪，妳弟弟跑哪去了——？」

「呃……他說有事。」

「咦——？這樣啊，真可惜……本來想再跟他多聊一下的說——」

多謝幾個女生以安田學姊為中心來找我說話，讓我免於淪為壁花，但我心裡就像是開了一個大洞。

換成一年前的我，絕對沒辦法像這樣在慶功宴上跟學姊聊天。肯定除了東躲西藏找地方容身之外什麼都不會。

這應該表示我有所成長了。

我變堅強了，變圓滑了，變得……更懂得如何做人。

……照理來說應該是這樣，但我為什麼覺得如此空虛？

明明有這麼多人圍繞著我，缺了一個人的空白，卻大得無邊無際。

「嗨，結女同學。辛苦了。」

「啊……委員長。辛苦了。」

紅學姊走過來，坐到我旁邊的座位上。這個突發狀況，讓我緊張起來。

其他明明有那麼多人可以講話，為什麼會來到我身邊？

學姊看也沒看眼前的零食，直視著我微笑。

「不過『委員長』這個頭銜也快要卸下來了。」

「啊——……那麼應該叫『副會長』吧？」

「這個頭銜也一樣快卸任了。過一陣子就請妳叫小生『會長』吧。」

下屆學生會長紅鈴理學姊半開玩笑地說了。

真令人佩服……對於自己即將成為會長，絲毫沒有任何膽怯畏縮。要是我也能變得像她這樣充滿自信，該有多好……但我這種人只是臨陣磨槍，實在不可能變得像她一樣。

執委工作結束後，我跟紅學姊大概就不會有交集了。我會變成景仰她的學生之一。想到這點就令我覺得無比遺憾。

「對了，妳弟弟似乎沒來呢。」

紅學姊看看我身旁，如此說了。

「啊，是。他——」

我正準備開口說出已經重複過多次的解釋時……

「——看來果不其然，他是屬於那種類型的人。」

聽到學姊自言自語般的低喃，我住了口。

咦？那種類型……是指？

「這可能必須怪小生了。雖說小生也有想過這種可能性——但覺得無論是與否，都比對他不理不睬來得好一點。」

「請、請等一下。我不是很明白學姊的意思……」

「噢，抱歉抱歉。小生是說請妳幫助他融入圈子的那件事。」

學姊若無其事地說。

「從簡報那時的反應來看，小生就知道他應該屬於不喜歡融入團體的類型。話雖如此，大家之間不來往又會影響工作效率。小生不能讓像他這樣優秀的人才無處發揮，所以才請妳擔任溝通的橋梁——本來想說他也有可能其實內心寂寞，結果一如大致上的猜測，他似乎屬於被眾人圍繞會形成壓力的類型。又沒有支薪卻強迫他待在無法適應的環境，真是對不起他。」

「學姊……妳從一開始就知道了……？」

我卻……沒有察覺到。只認為他其實一定是內心孤寂，照我自己的希望去解釋他的想法……然而學姊卻——

「不，沒有，不是小生。」

「咦？」

紅學姊自嘲地揚起了嘴角。

「小生的性情似乎有一點傲慢，應該說不是很了解其他人的想法嗎——就是屬於什麼事情都覺得『自己來做比較快』的類型。小生也有自覺，但就是改不過來。」

「喔……」

「所以，這方面小生都交給阿丈。剛才對妳弟弟的剖析也不是小生做的，那是阿丈的工作。」

阿丈……啊，她是說擔任會計的羽場學長？

副會長那個異常缺乏存在感的左右手，此時待在會議室的角落，獨自小口喝著飲料。

紅學姊一邊將視線朝向那邊，一邊接著說：

「雖然他的對話能力退化到不像個文明人，相反地卻有著極佳的眼光。說穿了就是個看人的專家。說到發掘別人的優點，無人能出其右。」

總覺得，她的語氣似乎帶點自豪。

紅學姊繼續侃侃而談，甚至讓我無暇出聲回應。

「或許是因為如此吧，唯一美中不足的就是自我評價低得過分。關於伊理戶水斗同學也是，他的評價竟然是『好像看到自己的高階版一樣令人不爽』。儘管小生一點都不這麼覺得。」

才怪，絕對是水斗比較帥。

我反射性地作如此想，但沒說出口。這就叫做社交能力。

「說不定就是因為這樣，阿丈才會叫小生讓他去跟其他執委交流感情。因為阿丈就是屬於剛才提到的『其實內心寂寞』的類型，或許是心裡對他感覺到了某種同情。阿丈會弄錯應對方式讓小生很意外，不過假如阿丈是把他跟自己當成了同一種類型──」

聽著聽著，我想到了一種可能性。

原來想透過我讓水斗跟其他執委交流感情的，其實是羽場學長。而假如羽場學長很少會犯這種錯──

「那個……我在想……」

「嗯？」

「學長會不會是想讓你們疏遠……？因為紅學姊那時候經常找水斗說話。」

「……嗯？」

紅學姊呆呆地偏了偏頭。我還是第一次看到她的這種表情。

「疏遠……？妳是說誰跟誰？」

「我想，應該是……水斗，跟學姊吧……」

「嗯嗯？？？」

可、可不可以不要叫我繼續解釋啊……！

「我的意思是……羽場學長說過水斗就像是自己的高階版，對吧？突然出現這樣一個男生，況且紅學姊又積極地去跟他交流，我猜學長也許是有點不安……」

「不安？妳說阿丈嗎？為什麼？」

「當、當然是因為他吃醋了嘛！」

哎喲真是！害我都開始難為情了！

紅學姊依然偏著頭，說：

「吃醋……妳是說嫉妒……？」

「是、是的。」

「阿丈……為了小生吃醋？」

「我是這麼認為的……」

「……不會吧，哈哈哈。怎麼可能有那種事？」

哎喲，真的把我給急死了啦——！

「絕對是在吃醋！雖然羽場學長的確是很少把感情表現出來的類型，但在那間空教室裡耳朵不是都紅了嗎！」

「……嗯？……等、等一下。」

「咦？是。」

「妳……看到了？那間空教室裡的事……」

「……啊。」

糟了，我說溜嘴了……！

「對、對不起……！那時走出教室的時候，正好聽見學長姊在說話……！」

紅學姊把頭一扭，不讓我看見她的臉。

「……沒關係，不用放在心上。真要怪也得怪小生我們躲起來。」

然後，用一如平常的聲調這麼說——但是，我注意到了。注意到她就跟當時的羽場學長一樣，漲紅了耳朵。

「話說在前頭！小生原本可不是那麼不檢點的女人喔！……都怪阿丈對小生的一舉一動反應那麼遲鈍……」

……完全就是個小女生呢……

沒有啦，雖然本來就是這樣，但沒想到像她這麼聰明，被大家稱為天才的人，遇到害羞的事情也會臉紅——應該說，原來她也覺得在那間空教室與羽場學長之間的互動，是很害羞的一件事啊。

……也就是說，她只會在羽場學長面前，扮演那種角色？

「那個……不介意的話，我可以問個問題嗎？」

「……咦？」

「學姊為什麼會喜歡羽場學長呢？」

紅學姊用依然帶點紅暈的臉，轉頭朝向我。

「……小生何時說過喜歡他了？」

「呃——……那麼，我想請問學姊跟學長在一起的契機。」

不是，妳在那間空教室分明就說過「看上」學長了啊。但現在還是別追問為上。

在那間空教室，她解釋過那是一種理想什麼的。

但是，假如那是用來面對羽場學長的假面具……她應該另有一個更具說服力的真正理由才對。

也許我是想逃避現實……現在，我突然很想聽聽別人的這類經驗。

學姊晃晃冰塊快要融化的玻璃杯。

「……也沒什麼了不起的契機。只是，曾經有一個不具存在感的少年。有一個女的，碰巧發現到了少年的才能。這種『碰巧』迷惑了不成熟又傲慢的女人的心。不過如此罷了。」

……不成熟，又傲慢。

簡直就像在說現在的我。

「小生在國中時期曾經犯過一個大錯，原因是小生誤以為自己完美無缺又從不犯錯。哎，總之就是青春期常見的自我意識過高現象啦。所以小生一直在尋求能彌補這個缺點的存在。就在那時……小生碰巧特別關心的一個黑暗系邊緣人，竟然膽敢跟小生說了這麼句話。」

——妳實在是笨得可以。除了妳以外，所有人都知道我這個人碰不得。妳明明這麼會念書，為什麼連這點小事都搞不清楚？

「小生原本以為『只有小生明白』，他卻反過來說『只有妳不明白』。打擊實在不小……更重要的是，受到打擊這件事本身又成了一大打擊。就好像那句話，刺進了自己內心深處柔嫩的部分……」

「……但學姊還是沒有跟學長保持距離？」

「那當然了。被講成那樣怎麼可能不生氣！明明連跟別人正常講話都不會，竟然敢跟小生作對！……但同時小生也不幸地發現，這個同班同學正是小生在尋求的存在。所以色誘也好什麼都好，小生打定了主意要得到他……」

紅學姊的眼睛倏然轉向一旁。

缺乏存在感的羽場學長，在這種多人聚會中，很容易就會找不到人。

然而，紅學姊毫不猶豫。不用尋找。

好像至今已經做過無數次那樣，瞬間就能找到他的身影。

找到縱然現場有成千上百的人，也絕不會混淆的那副容貌。

「……真的，令人生氣。天底下就那傢伙，能對小生的視線這樣視若無睹。」

「謝謝妳。」

聽到她嘔氣般的說法，我露出一絲微笑。

在我眼前的不是學姊，也不是天才，只是一個為初戀心煩意亂的少女罷了。

「唉，真是！竟然在學妹面前講出這種怪難為情的話題！」

面對開始大灌手上飲料的學姊，我說：

「我覺得這並不丟臉。無論是誰，都會有這種經驗的。」

「……如果是這樣，那小生可要對全人類肅然起敬了。」

真的，令人無奈。

連頭腦這麼聰明的人都無法如意——我看這世上，一定沒有任何人能完美駕馭這種感情吧。

就算對方是曾經交往過的對象，也不例外。

「哦！準備要開始嘍——！」

有人看著窗外說了。這句話吸引大家聚到窗邊，或是快步走出會議室。

面朝操場的窗戶，被微微照亮得發紅。營火已經點燃了。

我一邊遠眺那個方向，一邊對學姊說：

「學姊要不要也跟羽場學長一起去？妳不是說他……『其實很怕寂寞』嗎？」

「……結女同學，怎麼覺得妳好像忽然開始把小生看扁了？」

「希望學姊可以說成我開始對妳產生親近感了。」

「唉。」學姊嘆一口氣，起身離席。

「好吧……有這麼一個學妹或許也不錯。」

「嗯？」

「小生呢，可不是為了聊這種近似戀愛史的話題才來找妳說話的。」

學姊目光嚴肅地凝視坐著的我，告訴我：

「結女同學——身為下屆學生會長的小生，有件事想拜託妳。」

聽到她「拜託」的事，我才發現自己的「命運」早已發生了轉變。

◆　伊理戶水斗　◆

「喔喔～……」

一走出那扇門，伊佐奈環顧四周之後，仰望入夜的天空。

秋日的晚風靜靜吹過。在這個地點，無論是喧囂、燈光或人的氣息都在遙遠他方。

我們來到了校舍的頂樓。

「我是第一次來到頂樓。原來還有這麼個空間呀～」

「聽說平常都是關閉的，但目前特別准許執委進出。今天早上我隨意過來看看，就覺得從這裡似乎也能看到營火。」

走近防止墜樓的鐵網，可以俯瞰設置於操場正中央的大型篝火。

篝火正好就在這時點燃。發出劈哩啪啦的爆裂聲，火焰在搭好的木材裡閃爍紅光。

「雖然或許是比靠近看來得小，但這裡安安靜靜的也不錯吧？也不用被人盯上亂傳謠言。」

「說得對──我也覺得待在這裡心情比較平靜。哼哼哼！看，那些人像垃圾一樣！」

「妳根本興奮得很嘛。」

安靜是很好，美中不足的是有點涼意。我「喏」一聲，把從自動販賣機買來的熱奶茶拿給伊佐奈。伊佐奈說：「謝謝。」拉開了拉環。她用手包住飲料罐，小口小口喝起來。

我也打開自己那罐咖啡，邊喝邊俯視校園。營火周圍形成了人叢……我不會說像垃圾一樣，但從這裡的確無法分辨誰是誰。

「文化祭還滿好玩的呢。這可能是我第一次真的樂在其中。」

「真的樂在其中，是指？」

「該怎麼說才好呢？你不覺得這種氣氛，光是作為局外人用看的就滿開心了嗎？就算沒參與擺攤也是。」

「……我跟妳真的很合得來。」

我也是，只要別強迫我跟大家團結一致，我並不討厭文化祭的氣氛。看著學校在非日常的氣氛中變得興奮躁動，其實也挺有意思的。只是目光多少有點像是個旁觀者，或者該說像是在觀察動物的行為，從社會觀念來說不值得嘉獎就是了。

「妳念國中的時候，文化祭都是怎麼度過的？」

「基本上都是在教室看輕小說。水斗同學呢？」

「我也是在教室看小說。記得應該是夢野久作吧。」

「我去年是看沒書籍化的『成為小說家吧』作品。」

「原來妳把那也歸納在輕小說啊。」

「對呀——到了文化祭，就會想重看喜歡的小說而不是開新坑。不知道為什麼耶。」

「……我也不清楚。也許是置身於文化祭這種環境，想用這種方式維持自我吧。」

「而且會想看有點尖銳、冷門的作品。你覺得是為什麼呢？」

「我哪知道啊。那是妳自己的小小自我主張吧？」

「可是用手機看網路小說，其他人又不會知道你究竟在做什麼，我也搞不懂自己在想什麼——……」

『謝謝妳。』

我挖掘過去的記憶。我是在哪一次的文化祭讀夢野久作的？

不是去年。因為作者的名字不好。

在那種狀況下……「夢」這種發音為「yume」的字，我根本想都不願去想。

所以，對，是前年。

在國二的時候——那時，我剛剛開始跟那女的交往。

我們決定不讓別人知道我們在交往，當然也從沒想過要一起逛文化祭。

但是……如果說我從未期待跟女友一起度過文化祭，那就是在撒謊。

在我內心深處，一定曾經有過憧憬。

所以，說不定……那正是一種小小的自我主張。

故意在眾人面前，翻開封面印著**夢**野久作幾個字的書——

「——話說回來，水斗同學。」

伊佐奈的聲音與視線打斷了我的思緒，她說：

「結女同學什麼時候會過來？」

隨之而來的詢問，使我心裡產生一陣寒意。

我也不知道為什麼……噢，對了，我懂了。這對伊佐奈而言，絕不是什麼奇怪的問題，

我沒說過只有我們兩個人。我們三個之前一起逛過文化祭，她當然會以為結女也會跟我們一

起。

為什麼，我卻感覺被戳中了痛處？

「……我忘了說了。那傢伙不會過來，因為要參加執委的慶功宴。」

「是這樣呀……嗯——……」

伊佐奈低頭看著奶茶的罐子，沉吟了一下好像想說什麼……但結果就這麼陷入沉默。

她把什麼話吞了回去，我再清楚不過。

「妳剛才……是不是想問我為什麼不去參加慶功宴？」

「是沒錯……但又想到如果我是水斗同學，也不會去參加。去了大概也沒什麼好玩的。」

……這傢伙果然最懂我。

我真的很感謝她的存在。在這所學校裡有伊佐奈這樣的人，不同班卻有緣認識，對我而言，可說是最大級的幸運——

「……可是……」

——但是，這同時……

「結女同學不會覺得很寂寞嗎？」

也是最大級的考驗。

「謝謝妳。」

因為只有比誰都了解我，比誰都能與我產生共鳴的她……能輕易挖出我對自己敷衍隱瞞的事實。

直到前一陣子，她可能都不會這樣干涉我的隱私。

但就在最近，我自己向妳證明了。證明我與妳並沒有什麼不同，因此妳不需要對我客氣。

「按照結女同學的個性，在執委那邊一定也跟大家相處得很好吧。所以即使去參加慶功宴，一定也能玩得很開心吧……可是，真正希望作伴的人不在身邊，她一定會覺得很寂寞。」

「……妳想說那個人就是我？」

「你自己應該也清楚吧？只是不願意承認而已。」

或許是這樣。

也或許不是這樣。

可是……

「所以妳要我去參加我根本不想去的聚會？讓妳一個人回家？」

「如果是這樣……你會不高興嗎？」

「那還用說嗎？話說在前頭，我可是還滿珍惜妳的。」

「……嘿嘿。很高興聽你這麼說。」

伊佐奈用奶茶罐輕碰自己的嘴唇。

「可是……我會覺得，結女同學應該很想跟一起努力做事了幾星期的水斗同學待在一起吧……雖然只是我的想像。」

「……就算真的是這樣好了。」

夜空的黑暗，被火焰的紅光朦朧地照亮。

「她也應該……克服這種寂寞才對，我很肯定。」

◆　伊理戶結女　◆

順著執委的人潮一起移動，我一個人來到操場上。

紅豔豔的火堆，在操場的正中央熊熊燃燒，讓熒煌如星的火花飄向夜空。

我在人群後方默默地仰望那幅畫面時，熟人的臉龐映入了視野邊緣。

是曉月同學。

我準備開口叫她。

「謝謝妳。」

「啊──」

但是，我立刻就注意到了。

發現她的身邊還有川波同學在。

兩人站在一起，講著某些事情。沒有牽手，只是待在能微微感覺到對方的呼吸與體溫的距離內。

說話的時候，他們會看向對方。話說完了，眼睛就轉回火堆上。

可是，只有旁觀的我注意到了。

川波同學看著火堆時，曉月同學總是看著川波同學。

曉月同學看著火堆時，川波同學總是看著曉月同學。

看著被火光照亮的，彼此的側臉。

◆ 伊理戶水斗 ◆

「水斗同學認為這樣做，是為了結女同學好嗎？」

面對伊佐奈直截了當的說法，我無處可逃，只能誠實地點頭。

「我跟那傢伙從根本上就是不同的人種。」

我眺望著火花往上飄飛消失的模樣，說：

「總是只有表面上好像合得來。我們都愛看書，但口味截然不同，而且不像我喜歡獨處，那傢伙只是被迫獨處罷了。只要有了那種能力，她勢必會離開我去加入不同的群體。我們只不過是湊巧、偶然、暫時性地待過同一個位置的兩個人罷了。」

早在一年前，我就很清楚這一點了。

我只是不想承認，只是想做最後掙扎。

但是，無論我有多難受，都無法要求自己做改變。

「不是有些小說的主角是成長型的嗎？一個邊緣人變得交友廣闊，或是一個曾被恥笑為無能的人站上頂點。我總是無法對那種主角產生共鳴。因為，他們稱之為成長的變化，是不容爭辯的自我摧毀。不惜摧毀自我也要交朋友？也要站上頂點？如果這就叫做成長，那麼沒有朋友也覺得沒什麼不好的我算什麼？甘於待在底層而且毫不在乎的我算什麼？——生而為人，真的非得『成長』不可嗎？」

我沒有可以摧毀的自己。

沒有應該成長的能力值。

我總是在想，我沒有理想。只有不該如此的異樣感受，卻沒有應該如此的理想。讀過這

麼多小說，卻沒有產生想寫寫看什麼的欲望。從我身上從未創造出任何事物。

全都是東拼西湊。

從一直以來讀過的小說，從別人的人生當中東偷西拿，拼湊成一個人。

不具有等級概念的人，永遠不會升級。有那麼多描寫成長過程的小說，卻從來沒有一本描寫那些根本不具備**成長才能**的人。

嘴上說誰都可以變成這樣。

卻不願去了解，也有人不包含在那個「誰都可以」之中。

「我天生就是那種人。可以進步但是無法成長。不管怎樣都無法改變自己。**也不覺得這有什麼不對**。花了足足半年的時間，我才明白自己天性如此……」

生日也是，聖誕節也是，情人節也是。

當我發現我什麼都沒做，卻還能滿不在乎的時候……我像是擺脫了心魔般全都明白了。

明白到我與綾井是不同的兩個人。

「我不覺得這有什麼不好，也不覺得自己比別人差。**就只是不一樣**……妳應該能體會吧，伊佐奈？能夠體會天底下也有這種人。而且也能夠體會，這種人跟其他人，從根本上來說就是無法互相理解。」

「……是，我能體會。」

伊佐奈毫不猶豫地點了點頭。這個反應，大大地安慰了我的心。

「我也受過很多次傷害，對於自己的『不同』……對於別人無法諒解這種『不同』，直到我遇見水斗同學……」

「對吧？所以——」

「但是等一下……我想說一句話。」

伊佐奈的視線，專注地直盯著我的瞳孔。

好讓每字每句，都不被遺漏。

「的確，我也覺得水斗同學與結女同學是『不同』的人。也覺得你們的想法、人生觀以及理解事物的方式，全都有著根本性的不同。假如聽從我媽媽的說法，認為個性相合的人才應該結婚，那你們倆就不該結婚……可是，也沒有人規定不可以喜歡上這樣的對象吧？」

「……為什麼？」

「假設水斗同學或者結女同學，屬於無法理解自己與他人差異的排他主義者，你們的關係就無法成立了。可是，比方說異性戀的人與同性戀的人，還是可以做朋友。也許是真的無法對彼此產生共鳴，但是可以試著去理解。我說得對吧？」

「…………妳說得對。」

比方說——我沒有結女那麼喜歡推理小說。

「謝謝妳。」

但是，我可以聽結女聊推理小說的話題。我無法對她所感覺到的所有樂趣產生共鳴——

但是，可是，那段談心的時間，絕不會是……

「出生長大的環境、想法或人生觀截然不同的兩個人互相喜歡的例子，一查就可以找到一大堆不是嗎？水斗同學一直以來讀過的小說裡，也多得是這種例子對吧？那你為什麼會覺得只有自己辦不到呢？」

「…………………」

啊啊，伊佐奈……妳說的都對。

讓我實際體會到，妳的確是凪虎阿姨的女兒——正確到刺痛了我。

可是……正因如此，也讓我理解到一件事。

那就是我這個人，個性彆扭到用合情合理的正確言論無法說服我。

「——我問妳，伊佐奈。『喜歡』究竟是什麼？」

這個問題，我恐怕已經對自己隱瞞了許久。

「妳說喜歡上跟自己不同的人不奇怪——那如果有一個人不懂『喜歡』的概念，也一樣嗎？」

◆　伊理戶結女　◆

我坐在操場邊緣的長椅上，望著在營火周圍各自度過這段時光的學生們。
曉月同學與川波同學在那裡。
紅學姊與羽場學長也在那裡。
他們一邊笑鬧，一邊說話，凝目注視。
注視著升騰的火焰。
注視著站在身邊的人。

◆　伊理戶水斗　◆

不是虛假。
與綾井共度的時光，我對她懷抱過的感情……那所有的一切，一定都不是虛假。
但是……已經足夠。
已經足夠讓我迷失。

「謝謝妳。」

對一個曾經喜歡過的人感到煩躁，連見面都變成一種痛苦。

那樣的半年時間……已經足夠讓我迷失在過去曾經那麼清楚明白的感情中。

我隔著鐵網，俯瞰旺盛燃燒的篝火。

俯瞰聚集在那周圍的學生們。

「……只有這件事，大概就連妳也不會懂吧。我那時覺得一切都蠢斃了。懷疑自己至今做過的一切都算什麼……打從心底，感到無聊透頂。一旦產生那種想法，就來不及挽回了。我無法正確地理解整件事，只能懷疑。懷疑這份感情究竟是真是假——會不會只是一時的迷惘。」

越想就越是迷失。

越是反覆思量就越是迷惑。

已經不是理解對方或被理解的問題了。

我無法理解的，是我自己。

「妳能回答我嗎，伊佐奈……？社會大眾成天掛在嘴上的『喜歡』，講了半天到底是什麼概念——妳能解釋給我聽嗎？」

我認為我的言外之意是：不可能解釋得了。

然而，伊佐奈仰望夜空，「嗯——」沉吟片刻。

我大概是忘記了。

這傢伙跟我雖然是同類……卻絕非完全同樣的存在。

「那就來聊聊我的例子好了。」

「……嗄？」

「就是當我發現到自己喜歡水斗同學時的狀況……順便一提，這講起來還滿害臊的，所以請勿過度追問。」

被她這樣說，我住了口。

伊佐奈依然仰望著夜空，用淡然的語氣開始述說：

「其實呢，我是被結女同學還有南同學指出重點，才明確地發現到自己的心意。心想『對耶，經她們這麼一說，我的確很想跟水斗同學約會或親熱』……可是再仔細想想，那時我的腦中有閃過一個畫面。」

「…………………」

「就是……你的臉，水斗同學的側臉。在圖書室一起看書的時候——放學一起回家的時候——連我自己都驚訝，我竟然知道這麼多水斗同學的側臉。也就是說，我有這麼多時間，都在看著水斗同學視線對著他處的臉龐。」

——她穿著那件適合她的大正浪漫服裝，神色緊張地看著手機鏡頭。

——為了班級的企畫，坐在書桌前查資料查到深夜。

「所以……說起來或許很單純，但我覺得……」

——一臉嚴肅，瞪著資料陸續上傳的電腦。

——抱著海報，和氣融融地跟學姊說話。

——在鬼屋跟我十指交握，露出淺淺的笑容挖苦我。

——僅僅一瞬間停下了腳步，露出感到有點痛的，扭曲的表情。

「所謂喜歡的人，一定就是你看了最多側臉的人。」

◆ 伊理戶結女 ◆

——沒做什麼特別的事，只是隔著鐵網俯瞰操場。

——雖然燈光昏暗看不清楚，但耳朵帶著一抹朱紅，如同相擁後的餘韻。

我一幕一幕地，回想起來。

回想起今天，我幸運看見的水斗的側臉。

——神情淡定地，幫我看我穿鞋子磨破皮的腳。

——用跟平常判若兩人的營業用笑容招呼客人。

也許，從頭到尾都不是正確答案。

但是，在今天這個日子有了這麼多插曲。

既然如此——

——被圓香表姊纏上，微微皺起了眉頭。

——看到東頭同學的Cosplay，不知為何顯得有點不甘心。

——看著逃脫遊戲的謎題，神色自若地想答案。

◆ 伊理戶水斗 ◆

——緊張到瀕臨極限，卻仍然認真地招呼客人。

——看著圓香表姊帶來的竹真，眼神就像是他的親姊姊。

——瞪著逃脫遊戲的謎題，皺著眉頭苦思。

記憶如潮水洶湧氾濫。

我都記得。我都記得。我都記得。

「謝謝妳。」

並沒有特別去記憶，卻都記得。
她沒有在看我，我卻在看她。
擅自看著她。單方面地。不必要地。
我——原來有這麼多時刻，都在看著她。
我一陣頭暈。
視野一片發黑。
怎麼辦？
啊啊——怎麼辦，怎麼辦，怎麼辦？
我不知道該怎麼辦。
因為，因為，難道不是嗎？
我……從來沒有主動做過什麼。
「話說回來，水斗同學……其實剛才，我想問一件事但沒機會問。」
伊佐奈背靠著鐵網，忽地這麼說了。
「讀國中的時候，水斗同學與結女同學是誰主動告白？」
我自嘲地一笑。
「……妳看我像是會告白的人嗎？」

「那麼第一次提出約會的是？」

「……是她。」

「初吻呢？」

「…………是她營造的氣氛。」

「初體——」

「跟妳說沒做過了。」

正確來說——是本來想做，但失敗了。

當時……是我安排好狀況，到頭來卻什麼也沒做。

「……我自始至終都是被動立場。」

嘴裡冒出的這句話，是懺悔。

「我從來沒主動做過什麼。永遠只會坐享那傢伙努力的成果，只會享受天上掉下來的幸運場面。感情生變的時候也是，那傢伙直到最後一刻都在努力挽回……我，卻什麼也辦不到。」

漫長的自傷行為。

我無法接受這樣的自己，無法容忍這樣的自己被原諒，更無法容忍我的這種自我厭惡，讓她無故遭殃。

『謝謝妳。』

現在回想起來，我都是在依賴她。

依賴她的努力，依賴她的溫柔。所以——即使對方只是朋友，但也許當時的我，無法接受她付出的對象變成別人。

當綾井結女的男朋友當了一年半——我在那段期間，根本什麼都沒做到。

「嗯——……那麼不好意思，再問一個問題就好。」

活像連續劇裡的刑警那樣，伊佐奈說了。

「初次跟對方攀談的——是誰呢？」

——妳也喜歡推理小說？

我還記得。

不可能忘記。

「……呃，嗚……」

那對我而言，是最可恨的記憶——也是最難捨去的記憶。

老天爺設下的陷阱。

換言之就是命運露出獠牙的瞬間——讓我看見一場美夢的瞬間。

「…………唔，嗚嗚…………！」

沒錯。

沒錯。

縱然只是偶然，開始那一切的人——

「——…………是我…………」

那個人……是我。

只有那一次……是我主動。

即使是什麼都沒做到的我，也只有那一次……

「欸嘿嘿……那就跟我那時候一樣了。」

伊佐奈不知為何，開心地靦腆微笑。

「那麼真是太可惜了。假如你沒有先遇見結女同學，或許就會跟我交往了。」

我咬牙壓抑從喉嚨深處湧出的情感。

一直以來——我一直、一直、一直，都把那當成是失敗。

把那一年半的時光，當成我無可挽回的失敗。

一直認為結女鼓起勇氣的告白、成長、幸福……被我可笑的獨占欲糟蹋了。一直認為就只是那樣的一場失敗……

可是。

如果沒有那一句話，也不會有現在。

我不會進入這所學校，也不會遇見伊佐奈。

我跟那傢伙會維持著生疏的關係，就這麼成為繼兄弟姊妹。

之所以沒有變成那樣……

之所以現在，我能像這樣得到朋友的關懷，像這樣想起她的側臉，心裡覺得這麼高興，高興得不知道該怎麼辦……

是因為我——主動跟她說話了。

只有這件事，我做到了。

吞下湧上心頭的感情，我隔著鐵網俯視。

總人數不知道有幾百人，在那不可能認出任何一人的眾多學生當中……

我找到了這世上——我最熟悉的側臉。

「……伊佐奈。」

所以，我對我最要好的摯友說了。

「改天一定補償妳。」

「嘿嘿～♪我會好好期待的！」

於是，我離開了頂樓。

——不是為了那時沒能說出口。

而是為了把我現在該說的話，傳達給她。

◆ 伊理戶結女 ◆

那麼大的火堆，也終於快要燃燒殆盡了。

這下，文化祭就結束了。

忙於籌備的這幾個星期，真的要結束了。

回想起來，我從出生到現在，也許是第一次完成這麼大規模的工作……一想到這點，就

「謝謝妳。」

覺得慢慢卸下了心頭的擔子。

其實明天還有場復工作要做，晚點也還有慶功宴的第二攤。現在就沉浸在成就感當中，是有點太早了……

我切換心情，想著接下來的事。

就算繼續一個人待在這裡，也只會讓身體受寒。還是趕快回去大家那邊，以免集合時間遲到——

正當這樣想的時候……我聽見了腳步聲。

徐緩的腳步聲，挨近著我駐足……然後，那人在我坐著的這張長椅，與我隔開大約兩個手掌的距離坐下。

他把手放在那裡，彷彿要填滿那個空隙。

我也把自己的手，放在那隻手的旁邊。

只要彼此把手伸長一點，就可以疊到對方的手上。但是，如果不伸長，就只能摸到冰冷的椅面。

回想起來，我們總是維持著這樣的距離。

也以為今後我們會永遠這樣過下去。

可是——可是。

只有小指前端，那一點點的部分。

只有連體溫都幾乎感受不到，一絲最輕微的接觸。

即使如此——我們都沒有逃開，確實讓指尖碰到了對方。

「……你來得真慢。火都快滅了喔。」

我望著漸漸焚燒殆盡的篝火，說道。

「就是火而已，沒什麼好看的……我只是來做我的功課而已。」

他像平常一樣，粗魯地說。

這是否也是揣測我的心思之後，戴起的面具？

假如是這樣……這面具做得也太差了。

「**謝謝妳**。」

水斗對我說了。

說出換作平時，絕不會坦率說出口的一句話。

「……謝我什麼？」

「很多事情。**至今的一些事情**，舉不完。像是做執委的時候關心我，在家裡應該也有很多事情讓妳費心——再說，由仁阿姨也要我這麼做。」

「媽媽？」

「我感冒的時候妳照顧過我，她要我跟妳道謝。」

我眨眨眼睛，忍不住往旁邊看去。

水斗的側臉，被再次逐漸擴大的夜色所覆蓋。

「那……不是都一個多月以前的事了？」

「不行嗎？」

「到底是有多不想跟我道謝啦……」

就一句話，就三個字。

……真不知道說這麼一句話，需要他做出多大的決心。

「做執委的時候關心你，沒有讓你嫌煩嗎？」

「無論最後給我的感覺是怎樣，總之還是得道謝……回想起來，我至今似乎有太多時候該說這句話卻沒說……我只是這麼覺得。」

反過來說……

就是即使這句話錯失時機，足足拖了一個多月，他還是對我說出口了。

還是下定決心，來跟我說了。

光是這點——嗯，應該就很值得高興了。

「我才應該謝謝你。做執委的時候你也幫了我很多……況且說到感冒，我上學期的時候也得過，所以是彼此彼此吧？」

「嗯……所以……接下來我要說的，不是之前該說沒說的話。」

這時……因為是我，才會注意到那個反應。

因為我看過水斗的許多側臉，才會注意到。

發現那嘴唇帶有一絲僵硬——水斗竟然在緊張。

「就這一次……我可以做個任性要求嗎？」

小指的前端，只重疊了一點點。

「嗯……什麼事？」

「等一下……」

講到這裡，水斗像是喉嚨卡住般吞吞口水，舔了舔乾渴的嘴唇。

然後他微微低下頭去……擠出聲音般說道：

「……等一下，妳別去參加慶功宴續攤——跟我，一起回家。」

我的嘴唇不禁綻放了微笑。

正確來說，我不知道自己為什麼微笑。

但我覺得這是令人欣喜萬分的一件事。

是一件驚天動地的事，讓我其實很想大聲歡呼。

可是，對……現在的我是懂得分寸的成熟女性。

我把嘴唇綻放的微笑，塗抹成從容不迫的笑意。

「真拿你沒辦法。下不為例唷？」

聽我這麼說，水斗輕呼了一口氣。

僵硬的嘴唇，安心般地放鬆力道。

然後，他這才第一次回看我的臉，再次開口說了：

「……**謝謝妳**。」

我覺得今天不只是學校的校慶日。

而是另一種更難以命名，非常非常特別的紀念日。

◆ 伊理戶水斗 ◆

駛過身旁的汽車車燈，拉長了兩人的影子。

走習慣了的放學路線，一到夜晚卻呈現出截然不同的樣貌……也或者是因為其他原因。

真是老套的現象，竟然會覺得眼中看見的一切都變得簇新。

「雖然很辛苦，但也很開心呢。」

結女就像飽餐一頓之後滿足地呼一口氣那樣，輕聲低喃了一句。

「大家同心協力，一起做事……講了半天沒加入的社團活動，是不是就像這種感覺？」

「不知道。我只覺得快累死了。」

「辛苦你了。從今天開始，你又可以享受個人時光嘍。」

結女輕聲笑著挖苦我。我從旁看著她的臉。

從太陽穴垂落的髮絲在臉頰上形成陰影。明明忙了一整天，臉上卻看不出疲倦之色。

不知從何時開始，我以為這個側臉只能讓我遠遠偷看。

在自己與這個側臉之間，搭起了不存在的高牆。

但是……

現在我已經知道——只要我伸手，就能搆到。

「——嗯，咦？」

結女被我突如其來的舉動嚇了一跳，低頭看著自己的左手。

看著被我的右手，抓住的左手。

「咦？咦？……你、你幹嘛？」

「……天色很暗了，怕妳迷路。」

「又不是在人擠人的地方！」

結女嘴上這麼說，卻沒有試著甩開我的手。

就只是這樣。

只不過是這麼一點芝麻小事……就讓我安心到想放聲大叫。

真是受夠我自己了，沒想到我竟然會是這麼軟弱的傢伙。

不過——我不會再有所畏懼了。

我已經做好堅定的決心，準備對抗這樣的自己。

「……我說呀。」

「嗯？」

跟我手牽著手走了一會兒，結女一邊對我拋來窺伺般的視線，一邊說了：

「有件事想問你的意見，可以嗎？」

「……什麼事？」

「跟你說喔……紅學姊她，拜託我一件事情。」

「拜託妳？」

『謝謝妳。』

「嗯。」

聲調聽起來輕鬆自在，卻讓我感覺到一種決心。我聽結女繼續說下去。

結女仰望著熟悉的夜空，對我說出證明我倆「不一樣」的決定性事實。

「——她問我，願不願意加入學生會。」

……喔。

我一點都不驚訝，甚至對我自己感到意外。

現任的學生會成員將在這次文化祭之後卸任。聽聞副會長紅學姊之所以擔任文化祭的執行委員，就是類似接任會長前的一種培訓。

既然如此……從執委當中揀選新的學生會成員，倒不是什麼奇怪的事。

而結女符合她的眼光，也並不奇怪。

「……你覺得呢？」

結女看著我的眼眸之中，已經寫著答案。

既然這樣，我該做的就是推她一把。

「妳很想試試看吧？」

結女停頓了一下。

「……嗯。」

「那就去做吧。完全不需要猶豫。」

「嗯……」

結女悄悄將視線轉回前方。

「順便問一下……你有被問到嗎？」

「沒有。那不適合我。」

因為學生會裡已經有紅學姊了……她那個人只是很會隱藏，其實絕對跟我還有伊佐奈是同一類型，一定會想找跟自己不同類型的人來接棒。

「這樣呀……」

聽到她那嘆息般的聲音，我有點高興起來。

心想，她或許也跟我懷有類似的煩惱……雖然也許是我誤會了，但感覺起來就是這樣。

所以，我依然緊握著她的手，說：

「沒有我在妳會怕嗎？」

同時笑著挖苦她。

如同自從祭典那天以來，她開始對我做的那樣。

結女瞥了我一眼，鬧彆扭似的噘起嘴唇。

「……不要把我當小孩子啦。做執委的時候我是第一次，所以比較生疏，現在已經不要緊了。」

「是喔？但願如此。」

「就說不要緊了嘛！」

對，不要緊。

因為我知道，只要伸手就能搆到。

知道只要握住她的手，她也會回握。

縱然我們的想法、人生觀以及理解事物的方式全都不同，即將踏上完全不同的人生方向……

我不會放開握住的這隻手。

不願放開。

後記

我很想相信對「差異」的理解——換言之就是對多樣性的理解一年比一年得到大眾的認知，無奈關於怕生不管經過多久都沒有被視為一種個性的徵兆，感覺大多數情況下都只被當成缺乏溝通能力。

不過怕生等於缺乏溝通能力是事實，而社會只要作為社會，缺乏溝通能力就是會伴隨著實務上處處受困的缺點，所以或許也是無可奈何——就連作家這種恐怕是全世界最不需要溝通能力的職業，也被要求至少要懂得在電子郵件的開頭寫上「承蒙平日照顧」。

因此不管是怕生還是什麼，練出某種程度的溝通能力，活在世上確實會比較方便——但那只是技術層面的問題，只是技能上的成長，純粹只是一種進步與熟練。說穿了就跟「會寫生難漢字」或是「會用電腦」屬於同一類問題，無法只用這點判斷一個人的成長。

那麼「成長」究竟是什麼？

講到虛構作品裡的成長，有時候是戰鬥能力的提升或是交到朋友，但那是為了娛樂性而做的簡化。當然有些人能夠從中得到滿足感，以本作來說就是結女，但相對地水斗就不是

——這一集的最大主題就在這裡。

在本作當中，將它形容為理想——這點換個說法，就是「成長」的目標——總有一天必須達成的，一個人賦予自己的形象——當這個部分與對方產生齟齬時，即使剛開始像是平靜無波，遲早必定會發生摩擦。因為那就表示雙方連善惡倫理的觀念都不一致。

我在這一集必須達到的，就是讓水斗獲得勇氣以及強烈的欲求，好讓他能跨越這個不一致。不能不加深思地破壞並改變他僵化的自我意識，必須要讓他接受自我才行。

這麼做並不會獲得強大力量，也不會交到更多朋友。只是接納自己的存在方式——不是否定至今的自我，而是加以肯定——我認為「想讓他或她屬於我」這樣的感情，歸根結柢必須要覺得自己這個人還不賴，否則是很難有勇氣表現出來的；我想各位應該能夠了解我的這種看法。

就這樣，這次又讓我搜索枯腸了老半天。不過嘛，這下總算是跨越了難關，預計在下一集進入輕鬆愉快的雙向暗戀篇。什麼，到目前為止難道都不是雙向暗戀嗎？第一集的時候他們倆可是真心討厭對方喔，你都不知道啊？

感謝插畫家たかやKi老師、漫畫版作者草壁レイ老師、角川Sneaker文庫的責任編輯，以及參與本書製作的所有人士。最近常常寫到快要守不住截稿日，希望可以把這毛病改過來。

那麼以上就是紙城境介為您獻上的《繼母的拖油瓶是我的前女友6 那時沒能說出口的六句話》。學生會的其他成員我還沒想好！

豬肝記得煮熟再吃 1~4 待續

作者：逆井卓馬　插畫：遠坂あさぎ

「我也想挑戰看看！戀愛喜劇！」
豬與少女洋溢著謎題與恩愛的旅情篇！

兩人獨處的嘎嘎蜜月！——雖然不是這麼回事，但豬跟潔絲以據說可以實現任何願望的「紅色祈願星」為目標，朝北方前進。儘管已經處於兩情相悅的卿卿我我狀態，潔絲卻似乎仍有什麼擔憂的事情……？

各 **NT$200~240/HK$67~80**

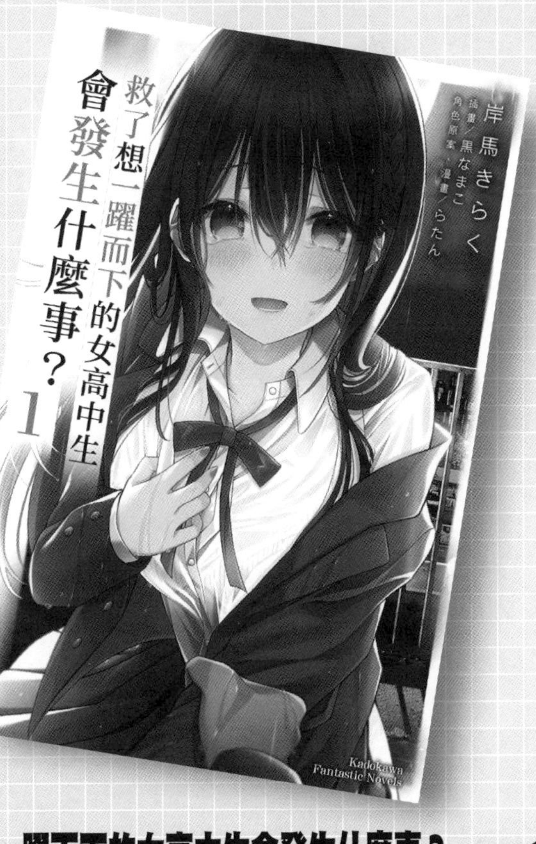

救了想一躍而下的女高中生會發生什麼事？ 1 待續

作者：岸馬きらく　插畫：黒なまこ　角色原案、漫畫：らたん

與墜入絕望深淵的女高中生，
共譜暖洋洋的同居生活。

為了維持優待生資格，結城祐介的生活只有讀書和打工。某天心中猛烈興起「想要女朋友」念頭的他，發現有個少女想從大樓屋頂一躍而下。「與其要輕生，不如當我的女朋友吧。」「咦？」在這場奇妙的相遇後，兩人展開了全新的日常與戀愛……

NT$220/HK$73

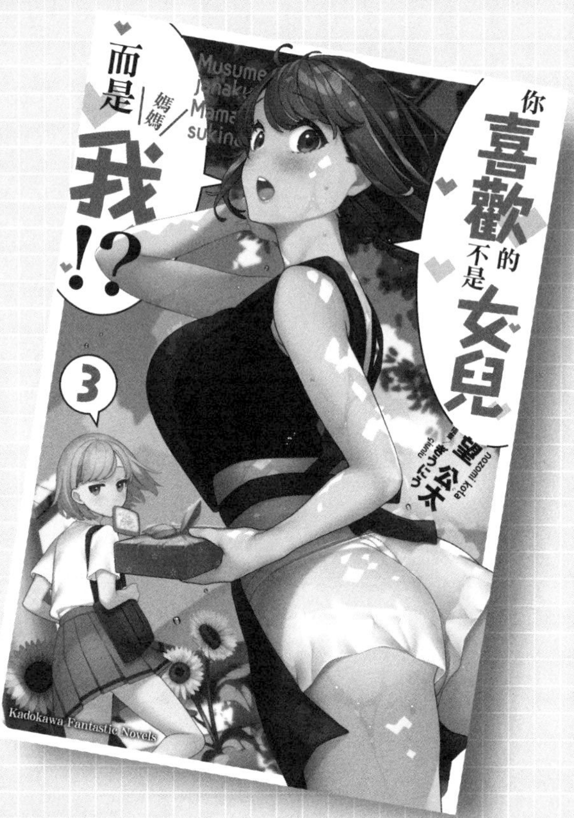

你喜歡的不是女兒而是我!? 1~3 待續

作者：望公太　插畫：ぎうにう

笨拙的愛情攻防戰逐漸激烈失控！
超純愛愛情喜劇第三彈！

自從住在隔壁的左澤巧向我告白以來，彼此間的距離便急速拉近。沒想到女兒美羽居然向我宣戰……究竟由誰來和阿巧交往？一決勝負的舞台，是三人同行的南國之旅——泳裝對決及房間的家庭浴池。雖然不知道美羽有何意圖，但我也不能就此袖手旁觀——

各 **NT$220/HK$73**

一點都不想相親的我設下高門檻條件，結果同班同學成了婚約對象!?
櫻木櫻
clear
2
Kadokawa Fantastic Novels

一點都不想相親的我設下高門檻條件，結果同班同學成了婚約對象!? 1~2 待續

作者：櫻木櫻　插畫：clear

「我們可以睡在同一間房裡嗎……？」
始於假婚約，令人心癢難耐的甜蜜戀愛喜劇，第二幕。

不斷累積甜蜜時光的過程中，心也越來越貼近彼此。當由弦和愛理沙一如往常地待在由弦家時，卻突然因為打雷而停電。憶起兒時心裡陰影的愛理沙半強迫性地決定留宿在由弦家，於是由弦準備讓兩人能分別睡在不同房間。不安的愛理沙卻開口拜託他——

各 **NT$250/HK$83**

國家圖書館出版品預行編目資料

繼母的拖油瓶是我的前女友. 6, 那時沒能說出口的六句話/紙城境介作 ; 可倫譯. -- 初版. -- 臺北市 : 臺灣角川股份有限公司, 2022.05

面 ; 公分. -- (Kadokawa fantastic novels)

譯自 : 継母の連れ子が元カノだった. 6, あのとき言えなかった六つのこと

ISBN 978-626-321-429-3(平裝)

861.57 111003456

Kadokawa
Fantastic
Novels

繼母的拖油瓶是我的前女友 6
那時沒能說出口的六句話

（原著名：継母の連れ子が元カノだった 6 あのとき言えなかった六つのこと）

2022年5月12日　初版第1刷發行
2022年8月25日　初版第2刷發行

作　者：紙城境介
插　畫：たかやKi
譯　者：可倫

發行人：岩崎剛人
總編輯：蔡佩芬
編　輯：邱璨萱
美術設計：宋芳茹
印　務：李明修（主任）、張加恩（主任）、張凱棋

發行所：台灣角川股份有限公司
地　址：104台北市中山區松江路223號3樓
電　話：（02）2515-3000
傳　真：（02）2515-0033
網　址：www.kadokawa.com.tw
劃撥帳戶：台灣角川股份有限公司
劃撥帳號：19487412
法律顧問：有澤法律事務所
製　版：巨茂科技印刷有限公司
ISBN：978-626-321-429-3